Literatur bei List. Redaktion: Hansjörg Graf

Lilian Faschinger

LUSTSPIEL

Ein Roman

List Verlag München

Umschlaggestaltung: Design Team, München
Umschlagmotiv: Hieronymus Bosch van Aeken (um 1460-1516), Der Garten der irdischen Lüste. Ausschnitt aus dem Mittelteil des Triptychons. (Archiv für Kunst und Geschichte, Berlin)

ISBN 3-471-77545-5

Satz: Fotosatz Bruno Leingärtner, Nabburg
Druck und Bindearbeit: Ebner Ulm

I just felt like mentioning this thing and so I have just mentioned it here.

(Gertrude Stein, The Making of Americans)

Heute schon gerubbelt, steht auf dem McDonald's-Prospekt, rubbeln Sie hier Ihre Frage frei. Und ich rubble die Frage frei, wo befindet sich die Kaaba, nur ein Antwortkästchen freirubbeln. Die Spielkarte wird sonst ungültig, ich rubble das Kästchen über dem Wort Mekka frei, richtig, richtig, erscheint auf gelbem Grund, sobald ich die darüberliegende silbergraue Schicht mit dem Fingernagel abgekratzt habe, Stockholm war es also nicht. Wien und Rom auch nicht, obwohl von diesen beiden Städten noch die Rede sein wird, Rom, das Mekka der Kunsthistoriker und Archäologen, wo ist mein Mekka, das Mekka der Liebe und des Glücks. Im Grunde ist es gleichgültig, als Nichtmoslem darf ich ohnehin nicht hinein, ist Ihre Antwort richtig, steht auf dem Prospekt. Dann rubbeln Sie ein Silberkästchen frei, aber nur eines, ich rubble wieder. Teilnahme an der Verlosung, steht da, ich kann mein Glück machen und fünf ultraleichte Surfbretter mit Segel und Rigg, einen geländegängigen Suzuki-Jeep de Luxe mit vielen Extras oder 20 Commodore Amiga 500 Computer mit Farbmonitor, Tastatur und zwei Laufwerken gewinnen, unglaublich, aber wahr, steht auch noch da in Gelb und Rot. Rubbeln Sie Ihr Glück frei, einige Quadratmeter der silbergrauen Schicht habe ich schon erwartungsvoll weggekratzt. Mehrere Fingernägel sind dabei abgebrochen; hat das, was dabei zutage kam, die Mühe gerechtfertigt, jedenfalls rubble ich weiter. Ich kanns nicht lassen, man weiß ja nie, es ist noch viel Silbergrau da, ungefähr die Hälfte, spielen Sie, spielen Sie, sagte die Frau Anzinger, eine Wahrsagerin, zu der ich seit zwölf Jahren gehe, eine dicke Kassandra mit einer Kleiderschürze und einem sanguinischen Temperament. Hier die Geldkarte, schauen Sie, so viel Spielerglück, soll ich Ihnen Ihre Zahlen sagen, und sie schreibt mir die Glückszahlen auf ein Papierfetzchen, setzen Sie Zahlen, von denen Sie träumen. Sie werden es nicht bereuen, ich mache noch einen Versuch, denke ich und kratze mit dem Daumennagel, obwohl das Ergebnis meist enttäuschend ist, an einigen Verlosungen habe ich schon teilgenommen. Ein schöner Preis, den ich freigerubbelt habe, waren viele Rosen letztes Jahr in Wien, vor einem italienischen Restaurant am sogenannten Blumeneck, wir saßen im Schanigarten, nachdem wir am Abend davor im Schanigarten eines griechischen Restaurants gesessen waren. Nach dem Verlassen des griechischen Restaurants schauten wir durch ein Fenster in das ganz in Rosa gehaltene Innere eines anderen, fast leeren italienischen Restaurants, in dem ein Pianist vor einem rosa Flügel saß. Als er zu spielen aufhörte, klatschten wir vor dem Fenster und gingen weiter; im italienischen Restaurant am Blumeneck saßen drei Italiener mit ihren drei österreichischen Ehefrauen neben uns, die Männer redeten wenig. Die Frauen hatten dichte rotblonde Haare, sahen aus wie Mailänderinnen und beklagten sich über ihre italienischen Männer, manchmal hörten sie auf zu reden und drehten uns die Köpfe zu. Zum Beispiel, als du sagtest, dir habe ich mich geöffnet. Geöffnet, als hättest du dich aufgeschlitzt mit einem gekrümmten Messer von unten nach oben und mir den Blick freigegeben auf deine Innereien. Was du alles ißt, sagst du manchmal, Herz und Hirn, ja, ich habe gern Innereien, sage ich dann. Hirn gebacken oder Hirn mit Ei, Salonbeuschel mit Semmelknödeln, gekochtes Herz in Rahmsoße, Kalbsbries mit Petersilkartoffeln, mein Daumen schmerzt beim Schreiben. Hast du ihn mir verdreht, aber es war doch gar nicht meine Absicht, dich zu apostrophieren. Ich wollte dich doch den verheirateten Freund nennen, einen Namen für dich finden; als es zu tröpfeln anfing, setzten wir uns dicht an die Mauer des Restaurants. Während dieser Woche wechselten Sonne und Regen ununterbrochen; die Frauen der Italiener hörten mit, als der verheiratete Freund sagte, daß er eine Zeitlang Funken gesprüht hatte, weil es ihm so zuwider gewesen war, daß ich mit einem anderen gevögelt hatte; ich würde gern den Namen des verheirateten Freundes nennen. Aber die Gefahr besteht, daß seiner Frau, die von uns nichts weiß, plötzlich ein Licht aufgeht. So unzulänglich ist das Schreiben, deshalb habe ich einen Kalender aus der Brieftasche gezogen und mir die Vornamen angesehen; auf den verheirateten Freund passen am besten Franz, Stefan und Gottfried, ich entscheide mich also für Gottfried; was bist du denn von Beruf, Gottfried. Was hast du als kleiner Junge immer werden wollen, Lokomotivführer, Großwildjäger, Pilot, Pianist; den Beruf, den du wirklich ausübst, dürfen wir nicht preisgeben. Das wäre eine Indiskretion, ein weiteres Indiz für deine Ehefrau, nehmen wir Universitätsdozent für Romanistik, Spezialgebiet nouveau roman, das verbürgt den für eine Beziehung wie die unsere notwendigen intellektuellen Standard sowie genügend neurotisches Potential, oder nicht. Seit zehn Jahren lebt Gottfried mit seiner Frau und den drei Kindern in einem schicken Flachdachbungalow in einem Wiener Außenbezirk, seine Mutter ist aus Schlesien gebürtig, sein Vater aus Mürzzuschlag in der Steiermark, er ist in Deutschland aufgewachsen; was will ich eigentlich, ich will über Gottfried, das Vögeln und meinen Bruder schreiben. Weil mich das interessiert; ursprünglich hatte ich über den Ritter Lanzelot und seine ehebrecherische Liebe zur Königin Guinevere schreiben wollen, über die Suche. Weil mich das auch interessiert; das Vögeln und die Suche haben ja bedeutend mehr miteinander zu tun, als man gemeinhin annimmt; mein Interesse an der Suche, an dem, was sein kann, was sein wird, zieht mich zu den Wahrsagerinnen, den durchtriebenen Menschenkennerinnen, die einem in die Augen schauen wie ein Arzt. Sie haben den sechsten Sinn, sagt die Frau Anzinger, vor einem Gewitter müßten Sie sehr viel Kraft haben, was suche ich, ich hatte schon achtzig Seiten geschrieben über einen weiblichen Lanzelot. Da gefiel mir die Geschichte nicht mehr und ich hörte auf, dann begann ich über Gottfried und den Bruder zu schreiben. Aber nach fünfzig Seiten brach ich ab, weil es wieder eine zusammenhängende Geschichte wurde von einer Frau, die in einem Flugzeug sitzt, einer dritten Person, die natürlich ich war, die sich aber wegen der geradlinigen Erzählweise immer weiter von mir entfernte, ich verlor mich aus den Augen. Ich verlor die Lust, immer sie zu sagen, jetzt sage ich eben ich und manchmal sie, die beiden Anfänge schrieb ich in Graz. Jetzt bin ich in Rom, seit heute früh, vielleicht ist das besser, ich kenne Rom von ein paar Aufenthalten her, ROME IS MAGIC war an eine hohe Mauer in der Via San Sebastiano geschrieben, PORCO CLERO stand an der Wand eines Hauses neben einem Autofriedhof in der Via Appia Nuova. Vor dem Haus liefen Truthähne hinter Drahtgittern hin und her, unter einer Plakatwand mit einer riesigen Flasche Zucca stand ein ausrangiertes gelbes Taxi, in Rom läßt sich ein alter Liebhaber mühelos gegen einen neuen austauschen. Mit dem alten schaut man einträchtig in eine Pfütze, in der sich ein antiker Bogen spiegelt, mit dem neuen steigt man hinunter ins Grab der Scipionen, wo in den Nischen hellgrüner Frauenhaarfarn steht; wie wird es diesmal sein, gestern nachmittag saß ich noch beim Jöbstl auf dem Ruckerlberg. Vom Jöbstl hat man einen schönen Blick über Graz, der Gastgarten hat einen Boden aus großen und kleinen Holzscheiben, der junge Jöbstl hat das neue Gasthaus neben das alte gebaut, das sein Vater geführt hat. Der junge Jöbstl ist sehr tüchtig, ich trank zwei weiße Mischungen, was nicht viel ist, aber ich spürte sie, weil die Sonne mich beschien, und packte ein paar unpassende Sachen für Rom ein. Auch ein Foto von Gottfried steckte ich in die Tasche, ich packe gern Taschen und Koffer, ich bin reiselustig, wie man sagt, ich besitze viele Gepäckstücke. Sie sind in meinem Wandschrank, ich stelle die kleineren Reisetaschen in die größeren, lege die kleinen Koffer in die großen. Dann hole ich sie wieder heraus, nehme Wäsche von den Stapeln im Schrank und lege sie hinein, räume das Porzellanbord unter dem Spiegel im Badezimmer ab, trage Schuhe herum und stelle sie auf den Boden der Tasche, das alles tue ich beschwingt. Denn ich bin reiselustig, wie man sagt, ziehe ich aus, um das Fürchten zu lernen. Ich sehe mich als eine Reisende, die Frau drückt dem Mann in der weißen Uniform die Fahrkarte in die Hand und geht gebeugt über die Planke in den Bauch des Schiffes, in dem in einem regelmäßigen Muster viele Autos stehen. In der Mitte des Bauches, wo es dunkel ist, bleibt sie stehen, dreht sich um und schaut durch die Öffnung in die Sonne hinein, aus der sie gekommen ist. Vielleicht bemerkt jemand, der noch weiter hinten im Bauch steht, ein Tourist oder ein Matrose, ihre sich gegen die Helligkeit abhebenden Umrisse, dann geht sie die schmale hallende Eisenstiege hinauf. Sie stellt ihren Rucksack zu den anderen Gepäckstücken, der Rucksack ist aus glänzendem blauem Kunststoff, er läßt sich mit einer Kordel zuziehen, die Außentaschen sind mit gelbem Band eingefaßt. Das Blitzblau sticht von den Farben der meisten anderen Taschen, Koffer und Rucksäcke ab, sie betritt das Deck durch eine schmale Tür, stützt beide Arme auf das runde, weißgestrichene Geländer, wobei sie ein Bein abknickt und das Gewicht auf das andere verlagert. Der nasse heiße Fleck auf ihrem Rücken kühlt ab, er verschwindet langsam vom T-Shirt, eine Weile schaut sie so auf den Hafen, dann setzt sie sich in einen Liegestuhl, legt die Hände auf die Armlehne, spürt das Vibrieren der Maschinen in den Fingerspitzen und schließt die Augen; da war ich auf der Reise nach Korsika, jetzt bin ich wieder in Italien, ich nahm den Remus, der die Nacht durchfährt, und traf im Zug ein Mädchen namens Margit, das auch nach Rom fuhr, nach Rom fahren, weißt du, was das heißt. Bei uns heißt es schwanger sein, sie hatte graue Augen, wir hatten unsere Liegewagenplätze nebeneinander, hoch oben, wo es heiß war. Unter ihrem Kleid trug sie ein hübsches weißes Mieder, erst bemitleidete ich sie, denn sie erzählte mir von den vielen Substandardwohnungen, die sie bewohnt hatte, im Winter sei sie jeden Tag von Puntigam bis zum Dolmetschinstitut geradelt und habe zweimal eine Stirnhöhlenentzündung gehabt, dann beneidete ich sie, weil sie soviel reist. Sie geht nach Erzurum als Deutschlehrerin, das ist doch schon bei den Kurden, dort tragen doch alle Männer Waffen, oder nicht, war ich nicht auch schon dort, sie sitzen auf den Bänken vor der Moschee. Wenn sie vorbeigeht, bewegen sich alle Augäpfel und alle Pistolenläufe in ihre Richtung, Margit fährt in die Türkei. Ich denke an ein stillgelegtes Pyritbergwerk im Nordosten der Türkei, an eine Wagenladung voll grüngoldener Pyrite, da handelt es sich doch jetzt um meinen früheren Ehemann, nennen wir ihn Andreas, der mit dem Grabner-Gombrich an die Schwarzmeerküste fuhr, um Pyrite zu holen. Schon die Inkas und Azteken verwendeten sie als Schmuck, der Grabner-Gombrich hat sich später in der Wohnung seiner Freundin aufgehängt, er hat das Leben nicht mehr ausgehalten. Das ist verständlich, und zwei Kinder sind seitdem Vollwaisen, denn seine Frau war schon vorher an Leukämie gestorben, der Andreas hat oft die Hemden ihres Bruders getragen, der sich auch das Leben genommen hatte, wer nimmt sich als nächster das Leben, ihr lieben Pfarrer, sagt es uns, ihr wißt ja auch sonst immer alles. Heute back ich, morgen brat ich, übermorgen hol ich der Königin ihr Kind; der Grabner-Gombrich konnte gut zeichnen, einmal ist er mit seinen blauen Augen stockbetrunken in der Früh in einem Hauseingang in der Raubergasse gelegen, wir waren zu dritt auf der Alm, Andreas, der Grabner-Gombrich und ich. Andreas, mein Schmuckstein, mein grüngoldener Pyrit, murmelte ich im Schlaf, der Andreas und ich, das verliebte junge Paar, lagen in einem tiefen Kastenbett, aus dem man morgens nur schwer herauskam. Ich kochte auf dem großen Herd einen Eintopf aus den Pilzen, die auf Baumstrünken wachsen, den gelbbraunen Hallimasch, die kaum jemand ißt, double, double, toil and trouble, fire burn and cauldron bubble, auf der Alm regnete es fast die ganze Zeit. Einmal gingen wir den Grat der Kremsmauer entlang, als ob es ein Traum gewesen wäre, der Andreas sprang vor mir von Fels zu Fels wie einer, der sich umbringen will, um anzugeben, ich schaute hinunter in den blauen Himmel. Mir wurde schwindlig, aber ich mußte hinter ihm her, wir waren ja ein Ehepaar. Ich suchte nach sicheren Tritten, was soll denn aus dieser Ehe werden, dachte ich, es kann ganz schön kalt sein bei solchen Wanderungen, wenn das Wetter umschlägt. Der Atem wird sichtbar, der Wind weht einem die Sprache weg, Andreas drehte sich nicht um, ich kam kaum nach mit meinem schlechten Schuhwerk. Da verlor ich ihn aus den Augen, ich sehe zwei Ehen, sagt die Frau mit den langen, schwarz gefärbten Haaren und deckt noch eine Karte auf, die zweite Ehe wird glücklicher, sie schließt die Augen. Als sie sie wieder öffnet, schüttelt sie den Kopf und sagt, furchtbar, furchtbar. Aber ich habe doch erst geheiratet, sage ich und lache, furchtbar, wiederholt sie, jetzt habe ich keine Zeit mehr, hundert Schilling bitte. Was soll denn aus dieser Ehe werden, dachte ich, oder dachte ich das erst später, ich blickte aus dem Fenster des Zuges, auf die Landschaft Umbrien mit den braunen Städten auf den Hügelkuppen, auf das Land Kurdistan mit den flachen Lehmhäusern auf der Hochebene. Ein Kurdenmädchen mit gelben Augen lief dem Zug schnell entgegen, kam immer näher mit der aufgehaltenen Hand, Cigarette, sagte sie und spuckte auf das Fenster. Das alles würde Margit sehen, zum Schluß bemitleidete ich sie wieder, als sie von ihrem türkischen Verlobten erzählte. Eine Tragödie, sie pflegte monatelang seine kranke Mutter, dann pflegte sie monatelang den Verlobten, dann wurde sie selbst krank. Keiner pflegte sie, sie löste die Verlobung, und der Verlobte richtete während ihrer Abwesenheit in ihrer Wohnung ein Chaos an, er zerriß ihre Wörterbücher. Er brach die Klappen der Querflöte ab, er lauerte ihr auf und versuchte sie über die Stiege zu stoßen, sie klagte auf

Schadenersatz, der Klage wurde nicht stattgegeben, die Männer haben sich zusammengerottet, ich mußte froh sein, selbst ungeschoren davonzukommen, sagte sie, ja ja, sagte ich. Das ist dasselbe wie mit den Vergewaltigungsverhandlungen, ein Skandal, aber ich sagte es nur so daher, in Rom ist es heiß. Ich sitze auf dem Bett mit dem Leintuch über den Hüften und schaue auf meine Brust, ich bin zufrieden mit ihr, es gibt ja die eigenartigsten Brustformen, sie hat mir noch nie so gut gefallen wie jetzt, sie ist rund und weich, nicht leicht und nicht schwer, sie gefällt mir so, daß ich sie gern angreife. Leider wird sie wahrscheinlich nicht mehr lange so bleiben, mit Gottfried vögeln wäre jetzt schön, in dieser Hitze, an der Wand sind Spuren von erschlagenen Gelsen. Jemand hat ein gerahmtes Bild an die Mauer gezeichnet, draußen bellt ein Hund, Autos fahren, gestern war ich noch in Graz. Heute läuft ein kleines nacktes Kind über die Steinstufen des Kulturinstituts, ich liebe das Aufquellen in der Hitze. Die Lippen verbreitern sich, man wird umgänglicher, ich dachte, das Haus wäre voll, aber es ist leer, jetzt gehe ich in die Küche hinauf und trinke Mineralwasser. Dann komme ich wieder herunter und trinke Rotwein, ich verschütte den Wein, er rinnt in eine kleine Mulde im frischen Leintuch, kann man bei dieser Hitze schlafen. Ja, heute ist der zweite Tag in Rom, regnet es, habe ich mir gedacht, dabei waren es die Blätter des Akazienbaumes vor meinem Fenster, die wie Regen rauschten; wenn ich Akazien sehe, denke ich an Ungarn. Einmal war ich zu Pfingsten in Ungarn, da blühten die Akazien am

Straßenrand und dufteten schwer, die Landschaft hatte keine Grenzen, Mohnfelder breiteten sich aus wie Blutpfützen. Über der Steppe ging der Mond auf, und keine Hunnen kamen galoppiert auf ihren kleinen Pferden mit dem weichgerittenen Fleisch unter den Sätteln. Attila oder Etzel, man lernt nichts als Unsinn in der Schule, mit Gunther, Gernot und Giselher ging ich in den Tanzkurs, oder war es nur Giselher, aber er hatte zwei Brüder namens Gunther und Gernot. Das ist sicher, Giselher reichte mir eine Hand in einem weißen Handschuh, ich rutschte aus und fiel hin, diese Energieverschwendung der jungen Menschen in den Schulen, der fehlgeleitete Wissensdurst, den ganzen Schrott ziehen sie an wie Magneten, der auswendiggelernte Schrott verstellt einem den Blick auf die Welt, nichts als vorgekaute Erklärungen, angelesenes Instant-Wissen, zwei Eßlöffel in ein Glas, Wasser dazu, umrühren und fertig, und dann sieht man einen Toten und denkt, daß alles nicht stimmt, was einem gesagt worden ist. Den Toten habe ich vor zwei Wochen in Gösting gesehen, als ich den Weg ging, der am Bahngeleise entlangführt, vielleicht war er gar nicht tot. Ich hatte gerade eine sehr bittere Himbeere gegessen, da sah ich auf dem abschüssigen Stück des Weges ein Fahrrad am Zaun stehen, der den Weg vom Bahndamm trennt, auf dem Fahrrad hing ein Mann. Seine Körperstellung war unnatürlich, denn er war nach hinten gefallen und berührte mit dem Hinterkopf das Straßenpflaster, zwei große Kartons waren auf das Fahrrad gebunden und verrutscht, der Mann war im Gesicht und an den Händen zartviolett. Seine Augen standen halb offen, aus seiner Nase rann eine durchsichtige Flüssigkeit, er war groß und kräftig und um die sechzig Jahre alt, was mache ich jetzt, dachte ich und beugte mich über ihn. Ich kann ihn nicht aufheben, ich will ihn nicht aufheben, es hat keinen Sinn, ihn aufzuheben, ich schaute ihm ins Gesicht, das sich nicht veränderte, immer hatte ich Angst vor dem Anblick eines Toten gehabt. Aber es war nicht schlimm, es muß viel schlimmer sein, jemanden Schmerzen erleiden zu sehen, mein Bruder Konrad hat einmal gehört, daß ein Unfall passierte, er ging dem Geräusch nach auf dem Balkon und sah, daß ein junger Mopedfahrer gegen einen Lichtmast gefahren war, der Mopedfahrer hörte nicht auf zu schreien, er hat geschrien und geschrien, sagte der Bruder. Warum muß mein junger Bruder so etwas sehen, in der Zeitung stand, daß der Mopedfahrer starb, ich schaute den Mann auf dem Fahrrad an und dachte, ich gehe jetzt zum nächsten Telefon und rufe die Polizei und die Rettung an. Da kam der Notarztwagen und ich ging weiter, der Kopf mit dem violetten Gesicht ging mit, aber meine Beschwingtheit kam wieder, eine Beschwingtheit, die die Folge meines Besuches bei der Frau Anzinger war. Oft sagt sie mir glückverheißende Dinge, sie ist eine verständige Frau und weiß, daß ich das brauche, die Prophezeihungen von Wahrsagerinnen sollten trostreich sein, denn Trost ist, was wir brauchen, einen schönen Mann und zwei liebe Kinder werden Sie haben, ein Haus auf einem Hügel. Man wird Sie lieben, so lieben, uralt werden Sie, über neunzig, sehen Sie die Linie,

Ihr Gottfried wird Sie morgen anrufen. Und so war es auch, als ich nach Hause kam, wollte ich ein Foto von Gottfried rahmen, das ich bei schräg einfallendem Nachmittagssonnenlicht auf dem Kahlenberg gemacht hatte, über den Weingärten, es hatte etwas Gelbes. Deshalb nahm ich einen gelben Keramikrahmen, in dem noch nie ein Foto gewesen war. Es ist Zeit, daß ein Foto in diesen Rahmen kommt, der Rahmen paßte sehr gut zum Licht auf dem Foto, ich befestigte ihn an der Wand, Gottfried schaut zur Seite, dreht sich von mir weg mit einem abweisenden goldgelben Gesicht, mit dem ist nicht gut Kirschen essen, sagte der Bruder, als er das Foto sah. Sein Schatten fällt auf das Gras, mag er mich oder mag er mich nicht, du läßt dich ausnützen, hat er zu mir gesagt und darauf, auch ich nütze dich aus. Ich betrüge meine Frau ja nicht, ich schlaf nur mit dir, und da fiel der Rahmen von der Wand und zerbrach in fünf Teile; vor mir hängt auf einem Kleiderbügel das schwarze Sommerkleid mit den kleinen weißen Blumen, das ich anhatte, als Gottfried mich am Waldrand gegen einen nassen schwarzen Eichenstamm drückte, ich spürte die Eichenrinde, es war so geil, als du die Knöpfe aufmachtest, sagte er hinterher. Ich öffnete die nebeneinanderliegenden Knöpfe an der Vorderseite, damit er an meine Brüste konnte, ich hätte mich gern gesehen. Vielleicht sah es aus wie im Film, Grace Kelly öffnet die Perlmuttknöpfe ihres lavendelblauen Reisekleides und Gary Cooper ringt nach Atem, Liz Taylor öffnet die Hirschhornknöpfe ihres Trachtenkostüms und Richard Burton ringt nach Atem. Ich hatte Gottfried hinter mir nachgezogen, durch eine Wiese mit Sauerampfer, hin zu dem versteckten Platz mit der Eiche, Hänsel und Gretel verliefen sich im Wald, es war so finster; das Beste, was wir haben, ist die Lust, durch die Erinnerung entsteht sie von neuem; aber ich wollte mich ja systematisch an St. Ulrich erinnern, wo ich aufgewachsen bin. Weiß ich denn noch etwas, das ist doch das Leben einer anderen, da kann man sich nur wundern. St. Ulrich am Fuß des brennenden Berges, weißt du, warum er so heißt, fragte der Vater, die Mönche vom Stift auf der anderen Seeseite haben zur Durchführung der Gegenreformation kaiserliche Soldaten ins Land geholt. Die lutherischen Bauern haben sich auf dem Berg verschanzt, ihr Widerstand konnte erst gebrochen werden, nachdem die Soldaten den Berg angezündet hatten. Einige flüchteten über die Bergkuppe auf die andere Seite und kamen erst viel später zurück, der Vater erzählte es in der Küche. Die Mutter ärgerte sich mit dem Geschirrtuch in der Hand, weil es mich so freute, von solchen Bauern abzustammen, du bist genau wie dein Vater. Jahrzehntelang habe ich das gehört, immer dasselbe , du bist genau wie dein Vater, sagt die Mutter, du bist wie deine Mutter, sagt der Bruder, du bist wie deine Tante, sagt die Mutter, du bist wie der Bruder, sagt der Vater. Aber rebellische Ahnen hab ich gern, da mußt du doch nachforschen, sagt Gottfried, das ist doch hochinteressant, daß diese Bauern die Gegenreformation so überlebt haben, das sind doch deine Ahnen, so genau will ich das gar nicht wissen. Ich bilde mir lieber etwas ein; ist das jetzt wirklich passiert, daß mein Vater eine Ziege am Bahnschranken festband und daß die Ziege vom aufgehenden Bahnschranken in die Luft gehoben und erwürgt wurde, oder habe ich das gelesen, soll ich jetzt mit dem Bus Nummer sechsundzwanzig ins Zentrum fahren. Ich weiß nicht, es ist so schwül; meinem Vater war immer daran gelegen, ein schlechtes Bild von sich zu zeichnen, ich warf Vogeljunge aus dem Nest, schlug Schwächere und stahl wie ein Rabe, der Lehrer Jaritz wiederum hat ihn geschlagen. Den Lehrer Jaritz hatte in der Volksschule auch ich, einmal schlug er einen Schüler mit der Faust an die Schläfe, der Schüler hatte die Hand, in der ein Bleistift steckte, schützend vor seine Schläfe gehalten, und die Spitze des Bleistifts war in die dünne Schläfenhaut gedrungen. Es hatte keinerlei Folgen für den Lehrer Jaritz, schon den Vater hatte er auf scharfkantigen Holzscheiten knieen lassen; bevor die Schüler die Schule verließen, mußten sie sich auf dem Kiesweg zwischen Schultor und Gartentor in ordentlichen Zweierreihen aufstellen und im Chor Grüß Gott sagen. Und grüßt die Sommergäste schön, und verschränkt die Hände fest beim Beten, legt nicht einfach die Handflächen aneinander, denn dann fällt es dem Teufel viel leichter, sie auseinanderzubiegen, sagte der Pfarrer. Die vielen geduckten, gestörten Kinder, die Bettnässer, Stotterer, die Kinder mit den Erbkrankheiten, den Gemütskrankheiten, die zerstörten Leben, die aufgestaute Wut, ich stehe schnell auf und gehe im Haus herum. Es ist wie in einem Internat während der Sommerferien, die Läden der meisten Fenster sind geschlossen, jetzt sitze ich auf der Dachterrasse und schreibe auf einem durchsichtigen Tisch, durch den ich mein Knie sehe. Auf dem Knie ist mein schwärzliches Gesicht, ich bin froh, daß ich keine künstliche Niere habe. Bräuchte ich eine künstliche Niere, könnte ich nicht hier sein, auf der Fahrt zum Grazer Hauptbahnhof hat mir die Taxifahrerin erzählt, viele ihrer Fahrgäste seien Dialysepatienten, die sie ins Krankenhaus und wieder zurück bringe, manche müßten viermal in der Woche an das Dialysegerät angeschlossen werden. Dennoch seien sie nicht so ortsgebunden, wie man meinen könnte, es gäbe viele Urlaubsorte, wo von einer künstlichen Niere abhängige Patienten betreut würden, in der Schweiz beispielsweise. Dann sagte sie, daß sie einmal einen Bankräuber der Polizei ausgeliefert habe, sie habe gewußt, daß es einer war, und sei einfach mit ihm zur Polizeiwache in der Schmiedgasse gefahren. Da gehört viel Zivilcourage dazu, sagte sie, das können Sie mir glauben, ja, sagte ich, ich kann mich daran erinnern. Ich habe es vor einem Jahr in der Zeitung gelesen, und das war gelogen, ja, vor einem Jahr war es, sagte sie, vor uns stand ein Radfahrer. Als die Ampel auf Grün schaltete, fuhr ein Mädchen auf einem Moped an ihm vorüber und nahm dabei den Blumenstrauß, der in dem auf dem Gepäckträger montierten Korb lag, haben Sie das gesehen, sagte die Taxifahrerin. Stiehlt die ihm glatt den Blumenstrauß; auf der Terrasse ist es kühl, der Wind fährt durch die Pinien und Zypressen und durch meine Bluse. Wenn ich Bäume sehe, besonders solche, die sich im Wind biegen, finde ich es bedauerlich, daß ich sterben werde. Wie werden die alle als Leichen aussehen, denke ich mir, wenn ich durch die Herrengasse gehe, sagt eine Freundin, die am Institut für Pathologie arbeitet, und schaut mich mit schwarzen Augen an. Was wollen die eigentlich, da hasten sie durch die Herrengasse und kaufen Gefriertruhen und Milch und denken nicht an den Tod, sagt sie, lauter Idioten; hinter den Wäscheklammern stehen die großen Pinien im Park Borghese. Ich höre eine Bahn fahren, rund um mich herum stehen kaputte Gartensessel. Die schmutzigen Plastikschnüre, die die Bespannung bilden, hängen teilweise zerrissen herab, wieder sehe ich mein schwärzliches Spiegelbild in der Glasscheibe des Tisches, ich schaue genauer hin. Ich bin unsicher, was mein Äußeres betrifft, seit ein Angetrunkener zu mir gesagt hat, ich sei eine häßliche Frau, ja, hat Gottfried gesagt, natürlich bist du manchmal häßlich, ich war aber lange schön. Das sehe ich erst jetzt auf alten Fotos, während ich schön war, wußte ich es nicht, obwohl man es mir sagte. Ich habe es nicht gespürt, nachdem der Angetrunkene das gesagt hatte, setzte ich mich auf eine Treppenstufe neben eine betrunkene mütterliche Frau und lehnte den Kopf an ihre Schulter. Das war gleich etwas anderes, zuvor hatte ich einen singenden Bürgermeister erleben müssen und meine alte Schule im Abendlicht gesehen, das war zuviel, ich war dankbar für die Frauenschulter. In solchen Augenblikken sind die Gedanken an Gottfried keine Hilfe; daran, daß ich praktisch unter keine Dusche treten kann, ohne mich zu fürchten, ist nur Psycho schuld.

Und wenn ich dann fertig bin und meine schwarzen Hausschuhe vor der Dusche stehen sehe, erschrecke ich wieder und denke, wer hat denn die da hingestellt, es liegt auch an den Schlachthauskacheln der Duschen. Da starre ich dann auf den Spalt zwischen Tür und Fußboden und warte darauf, daß Blut, vermischt mit Wasser, langsam hervorkriecht, jemand ist aus dem Weg geräumt worden. Ist es ein Nebenbuhler, nein, es ist der rechtmäßige Ehemann Agamemnon, im Bad ermordet, in den Schwaden des Wasserdampfes, von seiner Ehefrau Klytämnestra und deren Liebhaber Ägisth, und deine Ehefrau Gottfried. Jetzt schaut mich auch noch Gala von allen Seiten an, so wie ich mich gestern in der Via Condotti in dem schwarzen Sommerkleid mit den kleinen weißen Blumen von allen Seiten gesehen habe, in einer Umkleidekabine, deren Wände vollkommen mit Spiegeln ausgekleidet waren, auch die Decke. Ich sah mich hunderte Male, es ist unangenehm, sich derart vervielfacht zu sehen, sie gefielen mir nicht, ich ging schnell aus der Kabine und merkte erst fünfzig Meter weiter, daß ich vergessen hatte, die Knöpfe an meinem Kleid zu schließen, ach Gottfried. Er schickte mir ein Buch mit Eluards Briefen an Gala und ihrem Foto auf dem Umschlag, du siehst ihr ähnlich, sagte er, und ich mußte das Buch umdrehen, weil sie einen so anstarrt, es nützte nichts. In Wien starrte sie mich wieder an, aus den Schaufenstern der Buchgeschäfte, auch jetzt geistert sie herum in meinem Zimmer, sie hat Eluard fertiggemacht, sagt Gottfried, er ist an ihr zugrunde gegangen. Auch Dali hat sie beherrscht, er hat sein ganzes Leben nur mit ihr gevögelt, ich hätte auch gern solche Männer, dachte ich heftig und stellte mir mehrere Männerköpfe vor, Schrumpfköpfe, ohne Knochen präparierte Kopftrophäen, groß wie eine Faust, ich möchte, daß Gottfried sich an meinen Bettrand setzt und mir aus dem bösen Märchen von Eluard und Gala vorliest, zum Beispiel, meine Zunge steckt tief in deinem Mund, in deinem Geschlecht, dann bräuchten wir nur nacheinander zu greifen. Gottfried würde mein Gesicht bedecken mit seiner Samenflüssigkeit, ich würde sie gleichmäßig verteilen und sagen, eine Spermamaske, sehr gut für die Haut, besser als Gesichtsmasken mit Mandelkleie oder Gurkenmilch. Bald würde die Flüssigkeit erstarren, das Lachen würde schwierig werden, aber der Blick auf die Ansätze zu Krampfadern auf meinen Oberschenkeln verdirbt mir auch noch die Lust an dieser harmlosen Phantasie, wenigstens fahre ich viel herum, in Flugzeugen Schiffen Zügen, der City of New Orleans, ein alter amerikanischer Zug, der vom Atlantik bis zum Pazifik fährt. Auf den Achsen unter dem Zug fahren die Hobos mit, die ganze Strecke, und auf dem Dach laufen die Banditen und ihre Verfolger hin und her, und wenn ich jetzt zum Fenster hinschaue, hängt ein verkehrter halber Mann in die Öffnung, manchmal fährt der Zug durch einen Tunnel. Dann ducken sich die Banditen und ihre Verfolger und tauchen am anderen Ende schwarz wieder auf, Henry Fonda sitzt im Salonwagen, in einem mokkabraunen Plüschfauteuil, mit übergeschlagenen Beinen und einer Zigarre im Mund. Er ist beunruhigt, aber immer noch siegessicher, dann steht er auf, hakt beide Daumen in die Achselausschnitte seiner taubengrauen Weste und denkt sich etwas Finsteres aus, während er die Zigarre von einem Mundwinkel in den anderen rollt. Gleich läuft Charlie Chaplin durch meinen Nichtraucherwaggon Zweiter Klasse der Österreichischen Bundesbahnen und versucht, die Polsterung von den Bänken zu reißen, wir brauchen Heizmaterial, ruft er. Sonst holen uns die Schurken mit den Pferden ein; inzwischen steht die Frau, die er liebt, neben Buster Keaton auf dem Führerstand der Lokomotive, die Hände vor das Gesicht geschlagen. Kurz vor Mürzzuschlag schließe ich das Fenster, damit der beißende Rauch nicht ins Wageninnere dringen kann. Mir scheint, Lee van Cleef sei kurz in der Fensteröffnung aufgetaucht, sein Pferd anspornend, aber wieder zurückgefallen, die Lage spitzt sich offenbar zu, Züge Schiffe Flugzeuge, fremde Gesichter im Rahmen von Busfenstern auftauchen sehen. Welches Gesicht suche ich, einmal, als sie mit dem Zug nach Wien gefahren war, hatte sich ein Mann zu ihr ins Abteil gesetzt, der ihr sehr gefallen hatte. Plötzlich tritt einer ein, beschleunigt den Herzrhythmus und läßt den Adrenalinspiegel steigen wie ein Sommergewitter den Wasserspiegel der Mur, warum, weil er eine Form ausfüllt, die man leer in seinem Inneren trägt, er sah kräftig aus, konnte seinen großen Koffer aber kaum heben. Als sie ihn fragte, was in dem Koffer sei, sagte er, Bücher, er war nicht gesprächig, aber sie redete ihn immer wieder an, und er wurde freundlicher, sie schaute auf die kleine Lampe an der

Wand des Zugabteils, schade, daß es in diesem Zug keine Schlafwagenabteile gab. Sie wäre in einem dieser Abteile gereist, hätte die Tür einen Spalt aufmachen, ihn in ein Abteil ziehen und sagen können, bitte helfen Sie mir, ich bin eine schutzlose Frau, ein eifersüchtiger Liebhaber verfolgt mich, es wäre im Orientexpreß. Die Wand des Schlafwagenabteils wäre aus Mahagoni, er hätte sich hingesetzt und gesagt, beruhigen Sie sich doch, dann hätte er den Koffer geöffnet, in dem lauter Medikamentenschachteln gewesen wären, Ärztemuster. Nehmen Sie sich, was Sie brauchen, hätte er gesagt, und sie hätte so eifrig genickt, daß die Schwanenfeder auf ihrem Hut ihn an der Nase gekitzelt hätte; in Wiener Neustadt stieg er aus. In den folgenden Jahren sah sie ihn in Graz einige Male in Kinos, sie mußten eine Vorliebe für dieselben Filme haben, er hatte ihr Gesicht vergessen, das macht nichts, dachte sie. Dich treffe ich wieder, irgendwann wurde sie von einer Freundin zu einem Fest eingeladen, da saß er ihr an der langen Tafel gegenüber, sie erinnerte ihn an die Zugfahrt nach Wien. Er hatte keine Ahnung, den ganzen Abend unterhielten sie sich über Filme, besonders über einen Film von Alain Resnais, der sie beide beeindruckt hatte, dessen Titel sie aber nicht mehr wußten, jetzt weiß ich es wieder, Mein Onkel aus Amerika. Er beschwor sie, sich den Film Blue Velvet anzusehen, Glück ist rein biologisch nicht vorgesehen, sagte er, sie sagte, happiness is a warm bun und fragte ihn, in welchem Sternzeichen er geboren sei. Er war Schulmediziner und Fisch, das Fest fand auf der großen Holzveranda eines

Landgasthauses in der Weststeiermark statt, in deren Mitte ein Kachelofen stand, der den Raum heizte. Viele Sänger und Sängerinnen waren eingeladen, sie sangen in aufrechter Haltung, langsam schwankend wie gepolsterte Astronauten für ihre Freundin, daß es die Veranda ausfüllte, sie hätte gern mit dem Schulmediziner gevögelt; dieses Bedürfnis habe ich aber immer, wenn ich viel Alkohol getrunken habe, ich muß da vorsichtig sein. Lechery, sir, it provokes and unprovokes, it provokes the desire, but it takes away the performance; auf der Rückfahrt in die Stadt fuhr sein Auto im Nebel vor und neben ihr her, das Zugfahren. Ich habe im Zug einen Museumsdirektor aus Antwerpen namens Marc Bafcop, eine Mutter Oberin aus Wien, einen Komponisten aus Südkärnten, einen Kanadier bulgarischer Herkunft und einen holländischen Biologen namens Max kennengelernt. Erfunden ist nur der Kanadier, und der kaum, ein jüngerer Mann mit einem Tramperrucksack, auf den die amerikanische Flagge genäht war, I'm Canadian, sagte er und bot mir eine Zigarette an. But I was born in Bulgaria, my name is Stephen Trendaffilov, I'm going back to Canada, where are you going. To Germany, sagte ich, East or West, fragte der Kanadier, West, sagte ich, Nice man, huh, fragte der Kanadier, ich sagte nichts. Ich solle nach Kanada fliegen, sagte der Kanadier, you can stay at my place if you want. I live near Toronto, I'm a salesman, er habe Platz genug, ich könne auf dem ausziehbaren Sofa im Wohnzimmer schlafen, aber ich wolle nicht nach Kanada, sagte ich, ugly bitch, sagte der Kanadier leise, drehte mir den Rücken zu und schaute aus dem Fenster. Glückliche Reisen, sagte die Wahrsagerin und fuhr mit dem Zeigefinger über meine Handlinien; der Holländer Max war sehr groß, trug einen grünen Parka und hatte einen Tornister auf dem Rücken. Er wollte zum Neusiedler See, um gelbbauchige Unken zu fangen und nach Holland mitzunehmen, sie waren sein Spezialgebiet in Leiden, ich gab ihm die Adresse meiner Eltern, bei denen ich wohnte, zwei Wochen später stand er vor ihrer Tür, meine Mutter wich vor seiner Größe zurück, ich komme aus den holländischen Bergen, sagte er in einwandfreiem Deutsch. Am Abend spazierte ich mit ihm auf den Kalvarienberg, im Dunkeln gingen wir an den Kreuzwegstationen vorbei, es kam zu keiner Annäherung, wir waren schüchtern, war es eine versäumte Gelegenheit, Max übernachtete im Schlafsack auf dem Balkon. Am nächsten Tag fuhr er nach Amsterdam; aus einem Kaffeehäferl Wein zu trinken macht betrunkener, als aus einem Weinglas Wein zu trinken, ununterbrochen stehe ich vor Entscheidungen, soll ich mich jetzt auf die Dachterrasse legen oder schreiben. Mir ist schlecht vom Wein gestern, vielleicht lege ich mich doch in die Sonne, also was jetzt, ich geh halt, ich liege jetzt auf der Terrasse und höre einer Zikade zu, vielleicht sind es mehrere Zikaden nacheinander, nein, ich glaube, daß es eine ist, diese Zikade ist begabt. Ihre Modulationsfähigkeit ist unerschöpflich, sie beginnt mit einem langgezogenen Krächzen, das zu einem gleichmäßig aufeinanderfolgenden rhythmischen Sägen wird, nach einer gewissen

Zeit ändert sie den Rhythmus, fällt in einen Walzertakt und bricht dann plötzlich ab, erst hält man die Stille kaum aus. Dann hört man wieder die Autos auf dem Viale delle Belle Arti, die man während des Sägens nicht hörte, ich liege nackt auf dem Rücken zwischen den kaputten Gartensesseln. Wenn ich an mir hinunterschaue, sehe ich kleine Schweißtröpfchen gleißen, ein Lichtleib, ein Astralleib, es könnten schließlich auch Blutegel sein, ich schaue an mir hinunter und sehe deinen Scheitel über meinem Bauch. Ich ergreife deinen Kopf mit beiden Händen und ziehe ihn auf die Höhe meines Gesichts, damit du dich nicht an meinem Körper festsaugst, du läßt mich zur Ader Gottfried. Manchmal dient das Heilzwecken, aber so vollblütig bin ich nicht, Blutegel können schöne Farbzeichnungen haben, braun, rot, grün, im frühen achtzehnten Jahrhundert hat man danach Kleiderstoffe entworfen; gerade habe ich einen Blick in die Küche getan, die Küche war leer, ein Kochtopf voller Spaghetti stand auf dem Gasherd, das Wasser brodelte. Wem gehören die Spaghetti, ich drehe mich auf den Rücken, ganzheitliche Bräune, darum geht es mir, wenn ich braun bin, sieht man das Mal auf meinem Hintern kaum, meine Mutter hat sich während der Schwangerschaft versehen, sie war allein in einer Hütte auf dem Berg, am Abend, und es klopft, und sie macht auf. Und der David, der schwachsinnige Knecht des Bauern, steht vor der Tür und zieht eine Grimasse, meine Mutter tritt einen Schritt zurück und greift sich dabei mit einer Hand auf den Hintern, eine einleuchtende Erklärung eines Phänomens. Für die

Wahrheit der Geschichte kann ich dennoch nicht bürgen, Glück gehabt, sie hätte ja auch die Hände voller Entsetzen vor dem Gesicht zusammenschlagen können, ich hätte mit einem Feuermal im Gesicht geboren werden können, und wenn Gottfried es gestreichelt hätte, hätte es sich für seine Fingerspitzen angefühlt wie ein Schwamm; ich liege auf dem Bauch und schaue das grauweiße Muster des Terrazzofußbodens an. Ich spüre, wie die Schweißperlen unter meinen Haaren herabrinnen, über meinen Hals laufen, oder vielleicht ist es Blut, Graf Dracula hat mich in den Hals gebissen, kommt, kommt alle. Kommt auf die Terrasse auf den Viale Bruno Buozzi und schaut euch das an, seht mit eigenen Augen, was Vampire vermögen, kein Schmäh, errichtet Standeln am Rand der Terrasse, verkauft Türkischen Honig und Eckzähne am schwarzen Samtband. Macht ein Geschäft, ich möchte braun werden, damit ich mich abhebe vom Leintuch das nächste Mal, wenn Gottfried und ich zum Vögeln kommen, er soll mich um und um drehen können wie ein Stück Schokolade. Es soll praktisch kein Unterschied bestehen zwischen der Bräune Galas, von der Eluard schreibt, und meiner Bräune, mein brauner Leib soll ihn zu leidenschaftlichen Gedichten inspirieren, die mit den Worten Dein brauner Leib beginnen, die Zikade sägt wieder. Gottfried hat ein Buch gelesen, darin wird eine Frau öfter von einem Mann angerufen, der sich nicht meldet, sondern ihr Teile der Symphonie Fantastique vorspielt. Jetzt hat Gottfried das auch gemacht, mich aus Wien angerufen und mir den Anfang der Symphonie Fantastique vorgespielt, man wird mit Recht sagen, das ist Leben aus zweiter Hand. Er hat mir auch eine Kassette mit der Symphonie Fantastique geschickt, und zu dieser Hintergrundmusik habe ich masturbiert, das meiste, was Gottfried mir ins Telefon sagt oder schickt oder schreibt, regt mich entweder zum Weinen oder zum Masturbieren an. Das ist die Beschaffenheit unserer Beziehung, die sich zwischen Extremen bewegt, wie lange hält so etwas, Ihre Leidenschaftlichkeit wird Ihnen schaden, sagt die schöne griechische Wahrsagerin Maria, hüten Sie sich vor diesem Mann, er wird Ihnen wehtun, Sie werden leiden, um mich herum wird alles immer weißer. Ich glaube, ich muß die Terrasse jetzt verlassen und wieder auf mein Zimmer gehen, ich habe sie ja längst verlassen und sitze schreibend auf dem Bett, die systematische Erinnerung. Man muß Ordnung in das Chaos bringen, Kunst ist, wenn Ordnung in das Chaos gebracht worden ist, da sind wir uns doch immer noch alle einig, oder, ich habe das Geheimnis gelüftet, das Geheimnis des zersprungenen Glases. Das kann nur Gottfried gewesen sein, warum bin ich nicht schon früher daraufgekommen. An einem frühlingshaften und doch gespenstischen Abend im vergangenen März saß ich nichtsahnend und doch ängstlich in meinem samtweichen und doch fest gepolsterten Lehnstuhl vor dem Fernsehapparat, als mich ein Geräusch zutiefst erschreckte, das ich nicht gleich lokalisieren konnte, ein Knallen Krachen Platzen dumpfes Explodieren. Ich stand auf und ging die ganze Wohnung ab, um die Ursache des Geräusches zu ergründen, da, im Spülbecken in der Küche lag das Wasserglas, das ich zehn Minuten vorher leer hineingestellt hatte, in tausend Stücke zerborsten, und das ist keine Übertreibung. Ein Wasserglas zerbirst doch nicht grundlos in tausend Stücke, ich rief meinen Bruder an, er sagte, das kommt vor, ich legte auf und rief ein befreundetes Ehepaar an, das im Nebenhaus wohnt, sie sagten, das ist aber eigenartig. Willst du nicht zu uns kommen, ich verbrachte den Abend bei ihnen und trank Wein, bis ich keine Angst mehr hatte, in meine Wohnung zurückzukehren, am nächsten Tag rief ich zwei Glasbläsereien an, man sagte mir, das Glas könnte aufgrund innerer Spannung zersprungen sein. Das wäre möglich, ich gab mich mit dieser Erklärung zufrieden, aber ganz überzeugte sie mich nicht, aus gutem Grund, wie mir vor einer Viertelstunde aufgegangen ist; natürlich war Gottfried der Urheber der Glasexplosion gewesen. Mittels Fernzündung aus Wien hatte er die Sprengung bewerkstelligt, wie ein Blitz durchfuhr es mich vor fünfzehn Minuten, daß der Zeitpunkt des Ereignisses sich mit jenem deckte, bei dem Gottfried Funken gesprüht hatte. Seine eifersüchtige Wut hat das Glas zum Platzen gebracht, es ist alles klar, manchmal habe ich Angst vor Gottfrieds Macht aus der Ferne, er hat Fetische von mir, kleine Geschenke, wird er sie gegen mich verwenden. Wird er sich ein Bild von mir machen, eine kleine Puppe, in die er Nadeln stecken wird, um sich zu rächen, einstweilen lasse ich seine Macht noch zu, was wird geschehen, wenn ich mich davon befreien will, wird sich der Himmel öffnen. Werden Blitze auf mich geschleudert werden, werde ich in einer Erdspalte versinken, du beutest mich aus, wenn du über mich schreibst, sagt Gottfried, ja, das tue ich, aber auch ich muß mir ein Bild von dir machen, um mich gegen dich wehren zu können, nur so kann ich dich in Schach halten. Nicht einmal Betrug ist so wirksam, ich schreibe jetzt noch bis, sagen wir, sieben, dann fahre ich mit dem Bus Nummer sechsundzwanzig nach Trastevere und von dort mit einer Frau nach Frascati Wein trinken, Gottfried hat gesagt, er wird mich morgen anrufen. Schade, daß er nicht Vater meines Kindes geworden ist, weil ich eine Fehlgeburt hatte, nicht unschuldig an dieser Schwangerschaft war mein Bruder Konrad, der mit meiner Tasche in seinem Auto wegfuhr, ich muß weiter ausholen. Mein Bruder Konrad lebt seit einigen Jahren mit seiner Familie auf dem Marchfeld, am Rand der Donauauen, die sich unaufhaltsam ausdehnen und drohen, mit ihren unzerreißbaren Schlingpflanzen das Dorf zu überwuchern, es zu verschnüren wie ein Paket. Nicht einmal das Schloß schaut heraus, und in hundert Jahren werden die Kinder in Gänserndorf, das mit knapper Not davongekommen sein wird, die Sage von den reichen, aber übermütigen Fischern des Nachbardorfs auswendiglernen, die mit goldenen Booten und silbernen Handgranaten fischten, bis ihr Treiben seine gerechte Strafe fand und das Dorf von den Donauauen verschlungen ward an einem Mittwoch zwischen Ostern und Pfingsten bei zunehmendem Mond im Jahre des Herrn eintausendneunhundertundzweiundneunzig; hätten sie das Kraftwerk gebaut, dann wäre alles anders gekommen, der Bruder ist von mir abgerückt. Früher war er immer um mich, jetzt ist er weit weg, das Dickicht der Donauauen umwächst ihn, wenn ich versuche, ihn zu berühren, reiße ich mir die Haut auf, mein Bruder, das Dornröschen, ich bin kein Prinz, ich habe kein Schwert, ich dringe nicht durch, ich mache kaum noch Anläufe, manchmal fahre ich nach Wien, um den Bruder zu besuchen, ins Theater zu gehen, Freundinnen zu sehen oder mich mit Gottfried zu treffen. Mein Bruder Konrad holte mich damals am Bahnhof ab, wir fuhren gleich zu einem Konzert von Joan Armatrading, I remember your eyes / That they would shine / Those crazy times / When you and I fooled around, sang Joan Armatrading und bewegte sich wie eine dicke Hummel, ich schaute den Bruder Konrad von der Seite an. Meist führt Rockmusik zu einem Aufwallen, dann schaute ich wieder geradeaus, wir schauten beide geradeaus, rissen die Augen auf und drehten die Augäpfel nach oben, damit die Tränen im Auge blieben, It's been so long / Since I've seen you. Das Untermietzimmer mit dem langen silbrigen Ofenrohr, der Poster mit den drei lieblichen Mädchen, deren Augen aufgerissen waren und nach oben schauten und die blutige Vampirzähne hatten alle drei. Glaube, Liebe und Hoffnung waren ihre Namen, ich sagte, tu den Poster weg, wenn ein Mädchen bei dir im Bett liegt und dauernd das Bild sieht, Konrad, sprach die Frau Mama. Ich geh aus und du bleibst da, Bruder, warum tragen wir so große Kleider, wer sind wir denn jetzt, daß wir so anders sind. Has the clock gone round, sang Joan

Armatrading, nach dem Konzert brachte mich der Bruder in die Innenstadt, wo ich mich mit dem Mann Gottfried treffen wollte, im Panigl in der Schönlaterngasse, ich hätte gern gehabt, daß sich der Bruder Konrad und der Mann Gottfried kennengelernt hätten. Ich hätte sie gern nebeneinander sitzen und sich unterhalten gesehen, aber der Bruder Konrad fand keinen Parkplatz und fuhr davon mit meiner Tasche in seinem Auto, in der das Verhütungsmittel war; als ich den kurzen Weg zum Panigl ging, sah ich, wie der Mann Gottfried gerade hineinging. Im Panigl standen sie zwischen vielen Leuten und tranken Wein, du hast schöne Augen, hatte er gesagt, ja, mir gefallen sie auch, hatte sie gesagt, du gefällst mir heute sehr, hatte er gesagt. Ich glaube, du mir auch, hatte sie gesagt, dann hatte sie ihm den ganzen Abend erzählt, wie unglücklich verliebt sie den Sommer über in einen schwulen finnischen Dramaturgen gewesen war, er war so anmutig und begabt und sah aus wie Kossigyn, nur jünger. Er tanzte mit mir auf einem Bretterboden, er hatte eine weiße Haut und kam aus Vaasa, er war ein geschickter Fliegenfänger, einmal bin ich um drei Uhr früh im Nachthemd in sein Zimmer gegangen und lange vor dem Bett gestanden, in dem er mit seinem Freund geschlafen hat. Seit Jahrtausenden stehen Frauen an verschiedenen Gestaden und ringen die Hände; gehen wir, sagte der Mann Gottfried, und sie gingen aus dem Panigl hinaus, um den Stephansdom herum und in die Kärntnerstraße, sie wohnte in einem Hotel in der Himmelpfortgasse, Hand in Hand gingen sie ins Hotel, sie trafen sich immer in Hotels, ihr war das recht, sie vögelte lieber in Hotels als irgendwo anders. Sie würde aber überall hingehen, wo er wollte, meist kamen sie angetrunken ins Hotel und tranken dort noch mehr, aus den kleinen Fläschchen und Flaschen in der Minibar, zieh dich nicht so schnell aus, hatte er in der Himmelpfortgasse gesagt. Laß mich dich ausziehen, damals in der Himmelpfortgasse muß es schon so gewesen sein, daß ich ihn womöglich geliebt habe oder was, habe ich dann später in Graz gedacht. Oder was ist das sonst, wenn man keinen anderen Gedanken hat, als von jemanden berührt zu werden, mit jemandem zu vögeln, auch wenn man schnell mit den Fingern nachzählt und denkt, heute ist es gefährlich. Er will Ihnen ein Kind machen, sagte die Frau Anzinger, lassen Sie es nicht zu, aber ich möchte es gern zulassen, ich möchte, daß sein Samen in mir Wurzeln schlägt wie eine Birke; er war nicht zärtlich zu ihr gewesen in der Himmelpfortgasse. Er hatte sich gleich zusammengerollt, war eingeschlafen und hatte sie später durch sein Schnarchen geweckt, sie hatte ihn noch in den Armen halten wollen, aber er rollt sich immer zusammen und ist unzugänglich für mich, dachte ich dann später in Graz; so eine komische Liebe, denke ich jetzt, ich muß geliebt werden, hat er gesagt, und was ist mit mir. Ich bin keine Tankstelle, die beliebig anzuzapfen ist, ich werde dich lehren, Liebe zu verlangen; in der Nacht war er einmal aus dem Bett gestiegen und eine Zeitlang mitten im Zimmer gestanden, den Rücken ihr zugewendet, dann hatte er sich wieder ins Bett gelegt, in der Früh hätte sie gern noch einmal mit ihm gevögelt, hatte sich an ihn geschmiegt. Aber er hatte gesagt, du, ich glaub, ich kann jetzt nicht, sie hatte die Vorhänge zur Seite gezogen, und ein langes gelbes Rechteck Winterlicht war ins Zimmer gefallen, sie hatte in den Innenhof geschaut, sich dabei die weiße Bluse und die ärmellose Weste angezogen und die Krawatte umgebunden, in der Fensterscheibe sah sie einen Pierrot. Aber sie war nicht traurig, sie setzte sich auf das Sofa, legte beide Arme ausgestreckt auf die Rückenlehne und schaute dem Mann durch die geöffnete Badezimmertür beim Zähneputzen zu. Einmal, in einem anderen Hotel, hatte sie dem Mann beim Kofferpacken zugeschaut und an die Ehefrau gedacht, die von den Ehefrauen gewaschene, gebügelte, geschlichtete Wäsche, die großen schweren Familienkoffer. Ich habe Spielzeug für die Kinder gekauft, Nußknakker, hatte er gesagt und den Koffer zugemacht, soll ich dir den Koffer tragen helfen, hatte sie nett gefragt, als sie sah, daß er schwer war. Während sie hinter ihm die Stiege hinuntergegangen war, hatte sie gedacht, das Genick brechen sollst du dir mit dem Koffer. Die Wäsche und das Spielzeug sollen dich begraben, diese Ehewäschestapel, auf einmal war sie traurig gewesen. Niemand konnte von ihr verlangen, daß ihr Wäscheschlichten Spaß machte, sie hatte sich selbst als Ehefrau nicht gemocht, sie mochte Frauen lieber als neue Geliebte oder alte Jungfern; meine Frau, hatte Andreas gesagt und voll Freude auf sie gedeutet. Aber ich bin nicht seine Frau, ich bin niemandes Frau, hatte sie gedacht und es mühsam gefunden, den neuen Schriftzug zu lernen, während der Mann die Rechnung an der Rezeption beglich, war sie zwei Schritt hinter ihm gestanden. Warum redest du nichts, sagte er, gehen wir ins Café Landtmann, vielleicht sehen wir den Claus Peymann, der Wintermorgen war hell und kalt, in der Nacht hatte es geschneit, das Café Landtmann war geräumig und schön. Sie setzten sich in eine Nische am Fenster, wo die Sonne sie beschien, und bestellten Kaffee und Kipferln; der Mann sah müde aus, so gefiel er ihr, seine Falten waren stärker eingegraben als sonst, die senkrechten Falten neben dem Mund, jetzt sehe ich dein Bild. Jetzt bist du hier, sie schaute ihn an, es ist eine Augenliebe, dachte sie, der Kaffee ist gut, sagte er. Ich bestelle noch einen, ihr wurde vom Morgenkaffee immer schlecht, wenn sie am Abend Wein getrunken hatte, Claus Peymann saß in einer Ecke und las in einer großen Zeitung. Er schaute aber oft über die Zeitung hinaus, eine schöne Frau kam und sprach mit ihm, die habe ich gestern mit ihm in der Oper gesehen, sagte der Mann. Als Claus Peymann aufstand, um mehr Zeitungen zu holen, sagte sie leise, ich habe ihn mir kleiner vorgestellt. Starr ihn nicht so an, sagte der Mann laut zu ihr, jetzt würde ich gern wieder mit dir ins Hotel gehen, ich hätte Lust. Ich auch, sagte sie, aber du mußt ja nach Hause, sie spazierten durch die Gassen zurück, über den Platz mit dem schwarzen Donnerbrunnen. Der Schnee glitzerte, jetzt ist es richtig, dachte sie, das hast du aber schön erzählt, sagte die Deutschlehrerin, immer hatte ich das Gefühl, sie würden mir zur Matura ein Buch über Stifter schenken, ein

Gefühl, das nicht unbegründet war, die Eltern waren anwesend. Die Lehrer waren anwesend, der Direktor war anwesend, niemand war abwesend, alles war feierlich gekleidet, ich selbst trug ein bezauberndes dunkelblaues Kleid mit einem weißen Kragen, weißen Manschetten und einer blauen Masche mit weißen Punkten. Sehr keusch, dessenungeachtet war ich aber keine Jungfrau mehr, ich wog zweiundfünfzig Kilogramm, man überreichte mir das großformatige Buch über Stifter. Als der Direktor sagte, sie gibt zu den schönsten Hoffnungen Anlaß, warf ich das Buch in die festliche Menge, es traf den Herrn Oberschulwart Muchitsch, der mich gern hatte. Ihn hatte ich nicht treffen wollen, mein Zeichenlehrer führte ihn hinaus, am nächsten Tag wurde eine leichte Gehirnerschütterung festgestellt. Ein paar Tage verkaufte nicht er, sondern seine Frau Schokoladebrezen und Bärentatzen, das war aber alles nicht mehr in St. Ulrich, gestern waren wir in Frascati. Wir fuhren durch die Via Appia, Ruinen ragten rechts auf und links auf, gemischt mit Neubauten, in der Abenddämmerung war sich alles ähnlich, und sehen Sie. Sehen Sie, hier das in eindrucksvoller Weise die Nichtigkeit aller menschlichen Bestrebungen zum Ausdruck bringende Grabmal der Metella, garantiert aus einem Stück, und dort die alles andere unwichtig erscheinen lassenden Thermen des Caracalla. Die Fliesen sind frostbeständig und wertgesichert, das Katzenkopfpflaster in Frascati geht auf und ab, ein Söldner mit einem ausgefallenen Gesicht geht darauf umher. Der ist doch nicht von hier und heute, wie ein Rat-

auseinander und schliefen unruhig, im Traum ging sie mit einer Frau, die ihr nicht angenehm war, auf einen hohen Berg. Sie selbst war die Führerin, die Bergkuppe, die wenig Platz bot, ähnlich den Berggipfeln in gezeichneten Witzen, war mit Gras bewachsen. Tief unten lag das Meer, die Frau trat neben den Weg und näherte sich dem steilen Abhang, was tut die Frau, dachte sie, passen Sie auf, rief sie, da glitt die Frau auf den glatten Grashalmen aus und stürzte in die Tiefe, ins Meer, im Wasser sah man kleine badende Figuren. Rettet die Frau, rief sie laut, doch dann war sie froh, als niemand die Frau aus dem Wasser zog, sie wurde wach, nach einer Weile versteifte sich sein Glied wieder, und sie vögelten nochmals, langsamer als zuvor. Später tranken sie Bier aus der Minibar, redeten, vögelten und schliefen wieder ein, im Halbschlaf legte sie mehrmals leicht den Arm um ihn, seine Nähe machte sie wunschlos; als es hell wurde, standen sie auf. Sie ging mit ihm über den leeren Platz zum Taxistand, das Schild des Wagens leuchtete aus dem Nebel, ich habe ständig von einer Zeile aus einem Lied geträumt, sagte er. Aber ich habe die Zeile vergessen, versuche dich zu erinnern, sagte sie, es ist wichtig, viel später fiel es ihm wieder ein. Die Zeile hieß Innocent When You Dream, bist du unschuldig, wenn du in der ehelichen Wohnung von mir träumst, mich aus der ehelichen Wohnung anrufst und mir obszöne Dinge sagst, dich in der ehelichen Wohnung auf deine Frau legst und an mich denkst, ja, es ist eine andere Unschuld. Als Ehebrecher kann man reinen Herzens sein, Verhältnisse mit verheirateten Männern sind eine gute Möglichkeit, die Institution der Ehe zu unterminieren, die Heckenschützin läuft hakenschlagend über den ordentlich gemähten Rasen des verdichteten Flachbaus, duckt sich hinter den sorgfältig gestutzten Rosenstrauch, schleicht sich an der Mauer entlang und feuert eine Salve durch das Schlafzimmerfenster, es zerfetzt den Gummibaum. Es trifft die Ehefrau mitten ins Herz, gib mir noch ein Taschentuch Mama, stell dir vor, tut er mir das nach zehn Ehejahren an. Dabei hab ich ihn ohnehin jeden Samstag drübergelassen, was will der eigentlich, die Mama sagt, ich versteh dich ja Kind, die Männer sind Schweine, tu so, als ob du nichts merkst. Das ist der einzige Rat, den ich dir geben kann, denk doch ans Finanzielle, er kommt zurück, du hast die Kinder, die kriegt er nie. Du ziehst ihnen doch frische Strumpfhosen an und säufst nicht, die Tochter sagt, ich liebe ihn ja immer noch Mama, überhaupt jetzt, nachdem er eine so schöne Gehaltserhöhung gekriegt hat und ich ihn soweit habe, daß er im Haushalt mehr tut als ich, ich bin ja so eifersüchtig auf die andere Frau Mama. Stell dir vor, er kauft ihr Ohrringe, so schöne wie meine, wenn ich daran denke, liebe ich ihn wieder so, die Mama sagt, ruf ihn heute nacht bei der anderen an. Weck den Kleinen auf und laß ihn was ins Telefon sagen, wann kommst du denn Papi, zum Beispiel, aber zwick ihn vorher, damit er weint, das kommt vor Kind. Das geht vorbei, wenn man nur Geduld hat, schau mich und deinen Vater an, den Hurenbock, ich habe in Liebe ausgeharrt, und recht hab ich gehabt. Jetzt gehört mir seine schöne Pension, mitten ins Herz, an den Symptomen der schweren Schizophrenie, die eine Folge des Keils ist, mit dem das Christentum die Frau in Eva und Maria gespalten hat, leiden Männer wie Frauen. Die Liebe stirbt, warum hast du den Andreas nicht kirchlich geheiratet, das war unklug, hättest du ihn kirchlich geheiratet, hätte er dich viel mehr geliebt und wäre nie von dir weggegangen. Eure Eheringe waren nur aus Weißgold, sagten sie, die zweiten jetzt sind aus schönem gelbem Gold, aber er trägt den Ring schon wieder nicht, er behindert ihn beim Arbeiten, ach diese Hochzeit. Die Ringe waren uns viel zu groß, mein Name darin war falsch geschrieben, schon während der Trauung fiel mein Blick auf den Trauzeugen im weißen Hemd, der Bruder weinte. Es war kein Wunder, wir hatten einander verloren, nur eine dünne Wand war zwischen uns in meiner Hochzeitsnacht, die Tür darin hatten wir gemeinsam zugenagelt, der Andreas sagte, ach wenn wir erst Kinder haben, wenn du Mutter bist. Dann werde ich dich noch viel mehr lieben als jetzt, obwohl das ja kaum noch möglich ist, so eine Frechheit, dachte ich, ich erzähle euch jetzt eine Geschichte, und die ist nicht erfunden, sondern beruht auf einer wahren Begebenheit, die sich 1971 zugetragen hat, ein Mann herzte und küßte eine Frau in einem Bett und sagte zu ihr, ach Liebste, ich hab dich ja so lieb. Und besonders lieb hab ich dich, weil du noch Jungfrau warst, als ich dich kennenlernte und weil du dich nur mir schenkst; die Frau, die zu den schwierigeren gehörte, obwohl man ihr das nicht gleich ansah, stand auf, zog sich an, rief einen ihr vollkommen gleichgültigen Mann an, verabredete sich mit ihm, betrank sich mit ihm und vögelte mit ihm, obwohl sie gerade ihre Periode hatte. Dann ging sie zu dem Mann zurück, der immer noch in dem Bett lag und sagte zu ihm, ach Liebster, ich habe soeben mit einem mir völlig gleichgültigen Mann gevögelt, obwohl ich, wie du weißt, gerade meine Periode habe, daraufhin wurde der Mann kreidebleich. Das weiß ich noch, wie würdet Ihr, Rabbi Rosenkranz, den daraus entstehenden Streit schlichten, achtet aber darauf, daß das Urteil ein salomonisches ist, was hab ich denn heute wieder. Dabei ging ich am Vormittag durch Rom, die Farben waren so schön, auf der Tiberinsel standen viele rote Sessel regelmäßig angeordnet in der Sonne, in dem Kaffeegeschäft beim Pantheon trank ich den besten Kaffee, den ich je getrunken habe, um achthundert Lire. In einer Kirche zündete ich um zweihundert Lire eine Kerze an, lieber Gott, hilf mir, laß das mit Gottfried nicht mit Mord, Selbstmord, Gleichgültigkeit, Melancholie oder einer Ehe enden, sondern irgendwie anders. Es gibt doch sicher noch etwas, um weitere zweihundert Lire ließ ich einen Caravaggio aufleuchten, ein helles Bubengesicht mit einer Art Tirolerhut war der Mittelpunkt des Bildes, in der Metro saß mir eine Japanerin mit einem ganz verbeulten schwarzen Hut gegenüber, Annemarie sagte, in Österreich komme ich mir von den Leuten auf der Straße immer überwacht vor, in Rom nie. Im Vatikan habe ich direkt neben dem Papst gearbeitet, man ließ mir alle Freiheiten, direkt neben dem Papst, sonst sind sie sehr streng im Vatikan, man muß den Präfekten fragen. Der Präfekt ist sehr wichtig, er hat die Urkunden in seinem Schrank, ich habe mit dem Präfekten kaum gesprochen, aber er läßt mir alle Freiheiten, alles, was unter dem Erdboden ist, gehört dem Vatikan, ich fragte, die Kanalisation. Sie sagte, nein, die Katakomben, es ist so heiß, ich muß etwas über den Schnee schreiben, letzten Winter wollte ich zum Bruder fahren. Die Schwägerin war mit den Kindern bei Verwandten, der Bruder war allein, kurz vor Meidling blieb der Zug im Schnee stecken, am Abend, vor dem Fenster war schwarzes Schneegestöber, ich dachte dauernd daran, daß der Bruder jetzt auf dem Wiener Südbahnhof stand und fror. Ich sah ihn zitternd und zähneklappernd stehen, so wie er als Kind oft gestanden war, wenn er zu lange nicht aus dem See gewollt hatte, aber es wird doch angesagt werden, wie lange der Zug Verspätung hat. Er wird sich doch dann ins Bahnhofscafé setzen und einen Tee trinken, wenn aber nichts angesagt wird und er jeden Augenblick mit dem Eintreffen des Zuges rechnet und auf dem kalten Bahnsteig stehenbleibt, nach etwa einer Stunde fuhr der Zug in den Bahnhof Meidling ein. Weiter fuhr er nicht, da die Strecke bis zum Südbahnhof durch Schneeverwehungen blockiert war, der Bruder erwartete mich am Bahnsteigaufgang, zitternd und zähneklappernd, weil er wirklich lange in der Kälte gestanden war. Er hatte die Information erhalten, daß Meidling für den Zug Endstation sein werde, und war mir entgegengefahren; bei seinem Anblick krampfte sich ihr Herz wie immer vor Liebe zusammen. Er hatte einen grauweißen Wollmantel an und einen weißen Schal um den Hals, es sieht so adrett aus, dachte sie, früher hat er den schmalen schwarzen Ledermantel aus England getragen, der ihm dann in Paris gestohlen worden ist, im Auto sah sie ihn von der Seite an. So ein empfindliches Gesicht, einmal war sie auf einer Tagung gewesen, an einem Abend hatte ein junger Autor gelesen, sie hatte sich in dem bequemen hellbraunen Stuhl zurückgelehnt, dann hatte der kleine Kopf des Autors sie an den Kopf des Bruders erinnert, und sie hatte ein Ziehen über die Abwesenheit verspürt, einen Mangel. Sie hatte Angst gehabt, jemand, etwas könnte die zierliche Schädelkapsel des Bruders verletzen. Obwohl sie sich vorher auf das Fest gefreut hatte, das nach der Lesung stattfinden sollte, stand sie auf, ging aus dem Zimmer und die Treppe hinunter, überquerte den weiten Innenhof, ging in ihr Zimmer, legte sich auf das Bett und weinte, aber der Schnee. Wir fuhren durch die Außenbezirke in Richtung Südosten, die Häuser hörten auf, die Dunkelheit und der Wind nahmen zu, es schneite nicht mehr, doch der Wind blies den Schnee von den Äckern auf die Straße. Wir befürchteten einen Unfall oder ein Steckenbleiben in einer Schneewächte, die Schneeberge auf der Straße und am Straßenrand änderten ihr Aussehen dauernd, je nachdem, wie der Wind wehte, der Schnee trieb hierhin und dorthin, zog in Schleiern über die Straße, bildete Dünen. Wir müssen die Schneeketten montieren, sagte der Bruder, er stieg aus und schwankte im Wind, auch ich stieg aus, um ihm zu helfen, der Wind stieß mir ins Gesicht. Steig wieder ein, sagte er, du kannst nichts tun, ich setzte mich ins Auto und sah die roten Lichter der Fahrzeuge, die vor uns im Schnee steckten. Ein Schneeräumgerät fuhr langsam an uns vorüber, nach einer Weile öffnete der Bruder die Tür, stieg ein und berührte sein Ohr, jetzt habe ich mir die Ohrspitze gefroren, sagte er. Wir würden im Auto erfrieren, wenn uns bei diesem Sturm und irgendwo mitten im Wald das Benzin ausginge, am nächsten Morgen wäre das Auto zugeschneit, ein kleiner weißer Berg, und wir lägen darin wie in einer Pyramide, Hand in Hand, konserviert für immer, oder kauerten tot am Straßenrand, die Kinder im Schnee, die sich verirrten, weil ihnen das Licht in der Lampe ausgegangen war. Sie hatten Hilfe holen wollen für den kranken Vater, einen Köhler, in der Christnacht, ist das am Ende Stifter, Bergkristall, oder wir liegen auf dem Eis der Antarktis, wo wir schneeblind im Kreis gelaufen sind. Der Bruder hätte sich retten können, aber er wollte mich nicht im Stich lassen, jetzt liegen wir da, schön und Hand in Hand, neben uns läßt sich ein Walroß ins Wasser, ist die Liebe ein grausames Spiel. Vieles haben wir gespielt, der Bruder und ich, Verstecken im hohen Gras, Fangen und Blinde Kuh, wir gingen langsam, mit ausgestreckten Armen auf hohen Balken, fielen herunter und sprangen auf grüne Flaschensplitter, nach dem Markt liefen wir auf der großen Wiese umher und suchten das verlorene glitzernde Geld, dort, wo die Lehmkegelbahnen gewesen waren; meine Fingernägel wachsen hier schneller als in Graz, ich habe jetzt Spiegeleier und Oliven gegessen, eine Mehlmotte hat sich kurz auf meinen Blusenknopf gesetzt, sei so lieb und verbrauch mein Salz, wenn ich wieder nach Österreich gefahren bin. Nimm dir jederzeit von meinem Basilikum, Rom, die ewige Stadt, das ist schon recht, Hauptsache kein Kunsthandwerk, keine Hinterglasmalerei und keine verzierten Lebkuchen. Rom erstickt im Schnee, und das Anfang Juli. Seit Menschengedenken war das nicht mehr der Fall, wenn das mein Bruder sehen könnte, Bruder Schwester Schwager Schwägerin. Ist die Liebe ein grausames Spiel, eins zwei drei vier, das Glück gehört mir, zu Hause hatten wir ein buntillustriertes Märchenbuch, das der Bruder als Zwei- oder Dreijähriger gern durchblätterte. Ein ganzseitiges Bild der Hexe aus Hänsel und Gretel ängstigte ihn, manchmal nahm ich das Buch, rief den Bruder und stieß ihm das Bild plötzlich vors Gesicht, mit einem Kreischen, sodaß er sich erschreckte und zu weinen begann; einmal hatten der Bruder, die Schwester, der Schwager und die Schwägerin Mensch ärgere dich nicht gespielt. Sie hatten nur einen Würfel gehabt, kein Spielbrett und keine Kegel, und hatten das Spiel aus dem Gedächtnis auf ein Blatt Papier gezeichnet, als Kegel hatten sie vier Gewürznelken, vier Haselnüsse, vier Rosinen und vier Teighörnchen genommen. Als Andreas am Verlieren gewesen war, hatte er die Haselnüsse, die Rosinen und die Teighörnchen zusammengerafft und aufgegessen, ich erinnere mich, wie die Schwägerin darüber gelacht hat. Das war schön, Andreas warf das Säckchen mit dem geraspelten Kokos in den Mülleimer, weil ich nicht gesagt hatte, lieber

Andreas, ich danke dir, daß du geraspelten Kokos mitgebracht hast, damit ich jetzt sofort Kokosbusserln backen darf, Andreas schrieb eine genaue Gebrauchsanweisung für die Waschmaschine und klebte den Zettel auf allen vier Seiten mit TIXO fest. Die Gebrauchsanweisung war sein schönstes Vermächtnis und mir noch viele Jahre dienlich, weil ich mir solche Sachen nicht merke, Andreas brachte einen Goldfisch mit nach Hause und füllte ein großes Gurkenglas mit Wasser. Wir holten Steinchen vom Leonhardbach und stellten das Glas auf das Fensterbrett, am nächsten Tag war der Goldfisch tot, Andreas wickelte ihn in Stanniolpapier und legte ihn in den Kühlschrank, ich werde ihn sezieren, sagte er, ich will dich sofort heiraten, sagte er, morgen. Und die Mutter sagte, du hast ihn in die Ehe gelockt, Andreas schlug mir ins Gesicht, du Sau, sagte er, er hätte halt eine richtige Frau gebraucht, sagte die Mutter, wir schenkten dem Klaus Scheinwerfer für den 2CV. Auf einen großen Karton klebten wir ein Gesicht, den Mund machten wir aus vielen Mündern, die Augen und Augenbrauen aus vielen Augen und Augenbrauen, die Nase aus vielen Nasen, die Haare aus vielen braunen, schwarzen, blonden und roten Locken, die Haut aus hellen und dunkleren Hautteilen. Alles schnitten wir aus Illustrierten aus, wir wurden schwindlig dabei, dann hängten wir das Frauengesicht auf, drehten die 2CV-Scheinwerfer um und befestigten sie als Brüste am Karton. Wenn man das Gesicht ansah, flackerte es wie das zerhackte Licht in einer Disco oder in Stummfilmen, eine Flackerehe, man blinzelt und schaut, auf der Hochzeitsreise saßen wir an einem Tisch. Ich dachte, wieso ist der jetzt plötzlich mein Mann, und ein altmodisches Lied fiel mir ein, we both went round the roundabout the wrong way, ich nahm es sehr ernst mit der Ehe. Warum haben wir uns getrennt, wir hätten in aller Ruhe aus Liebe unglücklich werden können, ist das nicht besser, als ohne Liebe glücklich zu werden, benütze deinen Willen, schrie Andreas. Ich schaute ihn an und dachte, Willen, was meint er damit, bis zum Hals saßen wir manchmal im Futterklee. Dann wieder lag ich auf dem Bett, fraß Psychopharmaka und versalzte die Suppe, die Frau ist für ihre Opferfähigkeit bekannt. Es kommt so gut wie nie vor, daß sie ihre Kinder frißt, Saturn und die Revolution sind da anders, Andreas, du warst ein vorbildlicher Ehemann und Familienvater. Leider habe ich dir zu wenig Gelegenheit zur Ausübung dieser Ämter gegeben, ich verstehe dich vollkommen und wünsche dir ein besser geeignetes Objekt, bitte sieh das nicht als Provokation an, sondern vielmehr als Rehabilitation und Ehrenrettung deiner Person. Das ist das mindeste, was ich dir schuldig bin nach allem, was ich dir angetan habe, du kannst es auch im Rathaus oder auf dem Schwarzen Brett im Vatikan anschlagen. Dieser Satz läuft und läuft und hat mit der Wirklichkeit nur noch marginal zu tun, stoppt mich, wenn du aber kämest, mir ernst in die Augen blicktest mit einem Blick, dem ich nicht ausweichen könnte und fragtest, hast du mich jetzt eigentlich geliebt oder nicht, dann würde ich sagen, da fragst du noch, glaubst du, ich wäre sonst mit dir fast jeden Sonntag nachmittag bei Regen oder Sonnenschein zum katholischen Studentengottesdienst gegangen. Das sollte als Beweis genügen, du solltest beschämt die Augen niederschlagen, jetzt bin ich auf einem Gleis, auf das ich ursprünglich nicht geraten wollte. Die Geschichte mit Andreas, merke ich gerade, bietet Stoff für eine gewaltige Trilogie, und ich hoffe auch, daß ich mit ihr nicht wie soeben, ich weiß nicht, wie mir das passiert ist, der Teufel muß mich geritten haben, auf leichtfertige Weise umspringen werde, sondern mich ihr mit dem einem tragischen Stoff wie diesem angemessenen Ernst und in reiner künstlerischer Absicht nähern werde. Aber vorher könnten wir wirklich einmal auf einen Kaffee gehen, zieh doch aus der Wohnung aus, sagte die Mutter nach der Scheidung. Da erinnert dich doch so vieles an ihn, ich blieb, die unvergleichliche Lage der Stadt Rom auf sieben Hügeln. Auf dem Esquilin steht ein Brunnen in Form eines Schiffes, überhaupt die Brunnen in Rom, Gesichter und Schildkröten, das Wasser ist trinkbar, ich war schon zweimal in Rom, einmal zu Silvester und einmal im Februar. Im Februar war meine Mutter dabei, ich hatte ihr vorher gesagt, nimm bequeme Schuhe mit, wir werden viel gehen, aber sie nahm keine bequemen Schuhe mit und klagte, mir tun die Füße weh. Sie leidet gern, ein ihr eigener Wesenszug, habe ich ihn geerbt, ist er für Frauen typisch, wenn er mich unglücklich gemacht hat, schlafe ich am liebsten mit ihm, sagt die Freundin, ruckediguh, Blut ist im Schuh, wann wird uns der Schuh passen, der zierliche goldene Pantoffel, früher kaufte ich mir oft zu kleine Schuhe. Langsam komme ich davon ab, trag doch Schuhe mit hohen Absätzen, sagt Gottfried, nein, sie verlangsamen mein Tempo, ich muß schnelle lange Schritte machen können, Zigeunerkinder stahlen mir die Brieftasche. Ich dachte, das wenige, was darin ist, könnt ihr gern haben, aber die Mutter klagte wieder, einem Freund zeigte ich Fotos von dieser Reise, auf einem Foto steht meine Mutter neben einem steinernen Löwen im Vatikan und lächelt, die lacht sicher selten, sagte der Freund; einmal war ich in Tunesien, da sah ich meine Mutter schwarz gekleidet im Traum. Ich rief an, sie freute sich, ich möchte etwas über den Freund schreiben, der die Fotos aus Rom anschaute, seine Locken glänzten unter der Lampe, während er über das Album gebeugt dasaß, das begann mit einer dreizehn Meter langen Segeljacht im Hafen von Korfu, einer lustig im Wind wehenden rotweißroten Fahne, auf dem Schiff war viel aus Holz, made in Taiwan, lauter hübsch gedrechseltes Geländer. Es war in Südostasien für den Drogenhandel benutzt, beschlagnahmt und an eine österreichische Bank verkauft worden, schaute nicht hier und dort ein Pirat mit einem Messer zwischen den Zähnen über die Reling. Klopfte nicht nachts ein Holzbein auf das Achterdeck, der Schaden, den der Schiffshandel dem Binnenhandel zufügt, ist kaum noch in Zahlen zu ermessen, wenn das Schiff sich neigte, dann neigte sich der Herd dank einer raffinierten Verankerung nicht mit. Sonst wäre mir der Topf mit dem heißen Wasser für die Spaghetti heruntergefallen, und ich hätte mir die Füße verbrüht, wo mich ohnehin schon ein Insekt unbekannter Herkunft ins Augenlid gestochen hatte und mein rechtes Auge geschlossen war, was ein Foto dokumentiert, das mich auf dem gedrechselten Geländer sitzend mit dem geschlossenen Auge zeigte; was würde ich ohne meine Fotos machen. Ich würde denken, ich hätte überhaupt nicht gelebt, wir lagen im Hafen von Korfu und warteten auf irgendeine Genehmigung von der Hafenbehörde, da betraten eines Tages zwei helle Jünglinge das Schiff, und ich sah aus dem Augenwinkel, daß ihre Augen leuchteten und ihre Glieder gerade waren und daß ihre Haut von einem Braun war, das gar nicht zu beschreiben ist, du kommst in das Alter, mahnte ich mich. Mach dich nicht lächerlich, und dennoch, sie wollten mit uns nach Italien übersetzen und von dort mit dem Zug nach Österreich zurückfahren, Jakob war siebzehn. Er sprach oft mit mir, ich lag auf dem Bugspriet auf dem Bauch und dachte, er ist klug für sein Alter, aber manchmal sieht er aus wie ein Vogel, der aus dem Nest gefallen ist, er wäre so weich und hätte in einer Hand Platz, der Bugspriet bewegte sich mit mir auf und ab. Ich ließ die Arme hängen, oft konnte ich fast das Wasser berühren, dann katapultierte es mich wieder in den Himmel, jetzt machen wir einen Schnitt und blenden ein. Ein halbes Jahr später, ich bin in Wien, vor mir geht Jakob die U-Bahn-Treppe hinauf, er hat eine braune Lederjacke, Jeans und hohe Lederstiefel an und eine eng am Kopf anliegende Wollmütze auf. War sie nicht grün, ich schaue an ihm hinauf, er gefällt mir auch angezogen, wir sitzen in einem Lokal. Komm einmal nach Graz, knusper, knusper, knäuschen, ja, ich komme gern einmal nach Graz, ich komme bald. Gefällt er dir, fragte meine Wiener Freundin B, ich glaube schon ich glaube schon, Bruder Jakob, Bruder Jakob, schläfst du noch, schläfst du noch, mir schwebt etwas vor, Schnitt und Einblendung, ein halbes Jahr später. Jakob und ich radeln in der Hitze die Grazer Umgebung ab, wir liegen im Schwimmbad auf einer weichen Decke, Sonnenöl und Bienen, summ, summ, summ, Bienchen, summ herum, ein Gewitter vertreibt uns zur Konditorei Philipp. Ich habe Auto gestoppt, ein Rocksänger hat mich bis zu dir mitgenommen, sagt Jakob, das nasse T-Shirt klebt ihm auf der Haut, er ist schon achtzehn, ich radle hektisch. Es geht etwas vor, es braut sich wieder etwas zusammen in der schwülen Luft, mitten in die Luft hinein sagt Jakob, ich hätte gar nichts dagegen, verführt zu werden und lacht. Ja, wie, keck, es läuten schon die Glocken, es läuten schon die Glocken, er geht in meiner Wohnung herum, hängt seinen violetten Baumwollschal auf, trinkt aus meinem Gläschen, schläft in meinem Bettchen. Er setzt vorsichtig Fuß vor Fuß, ich schlafe auf dem Sofa im Wohnzimmer, ich koche ihm etwas, während er auf dem Sofa im Wohnzimmer sitzt und nicht weiß, was er tun soll. Später sagt er, immer wenn du von der Küche ins Wohnzimmer gekommen bist, ist die Sonne aufgegangen, meine Wohnung ist sehr sonnig, ich bin manchmal sehr sonnig, manchmal aber auch sehr schattig, Sonnentau, eine fleischfressende Pflanze. Die Sonne geht im Osten auf, im Westen geht sie unter, die Sonne ist ein Stern, ein glühender Gasball, sie wärmt alles, aber Jakob, ich bin keine Sonne. Ich bin ein Mond und muß angestrahlt werden, um zu leuchten, dieser Juli mit seinen Temperaturen; als ich dreizehn war, sah ich einen Jugendverbotfilm mit Anthony Perkins und Melina Mercouri, einen Schwarzweißfilm, Phädra. Sie liebte ihren um vieles jüngeren Stiefsohn, schon damals stellte ich mir für später einen sehr jungen Geliebten vor, Jakob ist fünfzehn Jahre jünger als ich, ich sah diesen Film mit meiner Mitschülerin Brigitte Müller im Wulfeniakino in Klagenfurt. Mir wurde eigen bei den Liebesszenen, bisher hatte ich nur Filmküsse gesehen, wo der Held der Heldin den Mund auf das Kinn preßt, damals war ich noch nicht auf das Masturbieren gekommen. Ich bedaure heute noch, daß ich nicht experimentierfreudiger gewesen war, am letzten Abend saßen Jakob und ich auf dem Balkon, Jakob trug meinen blauen Frotteemorgenmantel, er fiel ein wenig auseinander, wir tranken Martini. Es war ein Mond am Himmel, nächstes Jahr fahre ich bei der Rallye Paris-Dakar mit, sagte er, du wirst sehen, meine Eltern sind geschieden. Ich lebe bei meinem Vater, mit meinem Vater verstehe ich mich nicht, er ist mit einer ehemaligen Zirkusreiterin befreundet, meine Mutter hat einen Schrebergarten und einen Zitteraal. Wir gehen in die Wohnung hinein, der blaue Morgenmantel ist direkt vor mir, ich sehe nicht mehr so genau, was passiert jetzt eigentlich. Ja, was passiert, wenn man in Zeitlupe zum anderen hingreift und nicht weiß, warum, wenn sich die Hände in der Mitte treffen, komm doch her, was soll man anderes machen auf der Welt. Das ist doch bei weitem das Gescheiteste, werde ich mich dazu beglückwünschen, wenn ich alt bin, wird ein Redner sagen, sie kann auf ein reiches Leben zurückblikken, aber ich hab noch nie mit einer Frau geschlafen, sagt Jakob ein bißchen später. Ach komm doch her, du blondes Kind, du blonder Mann, wir wollen uns umarmen, plötzlich steht Gottfried vom Tisch auf, knallt mir eine und sagt, ich kann es nicht ertragen, wenn du mir von anderen erzählst. Ich knall ihm eine zurück, geh zum Telefon in der Ecke, hebe den Hörer ab und sage heulend in die Muschel, bist du wahnsinnig. Warum hast du das gemacht, ich hol mir jetzt ein Taxi, bitte ein Taxi ins Hotel Drei Raben, ich bin aber verletzt, ist dafür ein Zuschlag zu bezahlen, kommen Sie schnell. Schon einmal wollte mir einer mit der Rohrzange über den Schädel hauen, was muß ich für die Verletzung bezahlen, ich könnte Ihnen schließlich das ganze Auto anbluten, drei Schilling extra pro Kilometer, von mir aus; jetzt bleib da, sagt Gottfried und will mir den Hörer aus der Hand nehmen. Ich hab dich doch nur gestreift, du hast viel stärker zurückgeschlagen, ja ich bleib da, sage ich, gerate ich jetzt etwa in einen Schaffensrausch, aus dem ich nie wieder herausfinde. Ich habe noch nicht einmal Ansichtskarten nach Österreich geschrieben, esse in aller Eile und nehme Kugelschreiber und Schreibblock schon in die Küche mir, ist diese Wurst, die ich mir gerade aufs Brot lege, noch genießbar. Jede Zeit hat die Pornographie, die sie verdient, wer hat das gesagt, die Familienministerin, wie stehen Sie zum Thema

Selbsthaß. Verschweigen Sie nichts, wenn Sie vernünftig sind, wird Ihnen nichts geschehen, aber sie liebt ja ihre Heldin nicht, sagte ein Kritiker, und ich frage Sie, ist das ein Kriterium für die Bewertung von Literatur. Es hat mich darin bestätigt, daß von einem, der Hymnisches im Goethejahr schreibt, nicht viel zu erwarten ist, ein anderer Kritiker sagte, alle schreiben sie Brüste. In der Literatur wimmelt es von Brüsten, ich werfe an dieser Stelle die Frage auf, wissen Sie einen besseren Ausdruck für zwei Dinge, die mir ans Herz gewachsen sind, Busen möchte ich lieber nicht sagen. Da denke ich zu sehr an umfächeln und wogen, finden Sie nicht, daß das typisch weibliche Schreiben mit seiner ganzen Skala von unendlich fein abgestuften Gefühlsregungen um so vieles inniger ist als beispielsweise Milton. Werde ich je meine Heimat wiedersehen, frage ich mich bang und schaue aufs Meer hinaus, glauben Sie nicht auch, daß das unbeirrbare Verfolgen des Guten, Wahren und Schönen in dieser umweltverschmutzten Zeit zu schweren Allergien führt, antworten Sie spontan, nicht nachdenken, ja oder nein. Kann ich damit rechnen, daß man mich begräbt, ohne daß eine Hand herausschaut, Fragen über Fragen, wer wird den Antworten die Spitze nehmen, kein Vorwurf träfe mich härter als der des Zynismus. Gönnen Sie mir doch die Freude gelegentlicher Boshaftigkeit, ich sehe ja ein, daß man nicht gleich mit Pflastersteinen wirft, mit Handgranaten schon gar nicht. Dazu bin ich zu vernünftig und zu schüchtern, ich geh jetzt auf die Terrasse, ich lege mich wieder auf den Rücken, die Sonne zieht durch die Wolken wie der Mond. Der Wind weht so über mich, daß ich mir gut vorstellen kann, daß ich mit hohem Gras bewachsen bin, ich verwehre niemandem den Zutritt zu meinem Hirn, treten Sie näher, heute ist der Eintritt frei, weil Mittwoch ist. Auch sonst zahlen Schüler, Studenten und Kriegsversehrte die Hälfte, nicht aber, wie anderenorts üblich, Angehörige des Bundesheeres, fahren Sie mit der Geisterbahn. Drehen Sie sich mit dem Ringelspiel, kreischen Sie auf der Achterbahn und versäumen Sie nicht, das Zelt der Frau mit den zwei Köpfen zu besuchen; bevor Gottfried mein Hirn betrat, betrat er eines Abends meine Wohnung, sah sich um und sagte, ich glaub, du bist sehr allein. Er wird es nicht mehr sagen, wenn er die Luftschutzkeller meines Gehirns erkundet hat, ja hast du denn geglaubt, es tönt einem Kinderlachen und Kindergebrüll entgegen, wenn man die Wohnung einer Frau betritt, die allein lebt. Denkst du, daß dort fröhliche Feste gefeiert werden bis zum Morgengrauen, hast du noch nie etwas vom Unterschied zwischen loneliness und solitude gehört, solitude schläft mit mir im Bett wie ein alter Teddybär. Bevor Gottfried mein Hirn betrat, betrat er eines Abends zum ersten Mal meine Wohnung, schaute um sich und sagte, das ist aber eine böse Spießerwohnung, nur eine Stunde später kniete er zwischen meinen Beinen und leckte mich, das sind Dinge, wie sie in schicken Flachdachbungalows mit Fußbodenheizungen und Teppichen aus dem Kaukasus nicht alle Tage vorkommen, vielleicht klagen Frauen in schicken Flachdachbungalows häufig über Migräne oder Überarbeitung. Liebling heute nicht, heute nicht Liebling, du hast so viel Mut und machst so wenig damit, sagt Gottfried, und ich kann dem nichts entgegensetzen, aber ich könnte vor Gekränktsein weinen oder ihm eine Ohrfeige geben, wenn er solche Sachen sagt. Wer sieht die Wohnung im Kopf, eine Wohnung mit vielen Gegenständen, im Lauf der Jahre zusammengetragen, eine schöne Wohnung. Das Licht ist gedämpft, ein Kind kann nicht leben in einer Wohnung im Kopf; als ich in der fünften oder sechsten Woche schwanger war, fühlte ich mich nicht wohl. Ich ging aufs Klo, rotes Gewebe fiel aus der Muschel, das sich im Wasser bewegte, ich spülte es hinunter, rief den Frauenarzt an und sagte, mir ist nicht gut. Ich glaube, ich habe einen Abortus gehabt, kommen Sie sofort her, sagte er, ich ging durch die Engelgasse, durch die Katzianergasse, durch die Goethestraße, durch die Obstgasse bis in die Mandellstraße. Es kam mir sehr weit vor, der Wind wehte, der Wind, der Wind, das himmlische Kind, ich betrat die Ordination und sagte, ich glaube, ich fall in Ohnmacht, legen Sie sich hin, sagte die Sprechstundenhilfe und führte mich zu einer Couch. Der Arzt gab mir ein Kreislaufmittel, ich weinte ein bißchen aus Selbstmitleid. Die Tränen rannen mir über die Schläfen in die Ohren, warum haben Sie nicht mitgebracht, was abgegangen ist, sagte er, das wäre gut gewesen, ich sagte, ich habe nicht daran gedacht. Kommt dieses Kind jetzt in den Limbus, das muß doch abgeklärt werden, die Pfarrer haben es sicher abgeklärt, meine Schwägerin sagte, könnt ihr euch das vorstellen, aus abgetriebenen Embryos werden Kosmetika gemacht. Ich ging dann nach Hause und war ein bißchen traurig, ich hätte Angst gehabt, das Kind wäre infolge der Einwirkung einer chemisch-pharmazeutischen Substanz mißgebildet geworden, was hätte sonst noch alles aus ihm werden können. Ein verschüchterter Angler, eine zwangsneurotische Postbeamtin, ein umgänglicher Elektroingenieur, eine muskulöse Vorturnerin, ein invalider Trafikant, jetzt tippe ich diese paar Seiten, ich esse Kekse, die Kekse schmecken gut. Sie sind aber nicht mehr knusprig, ein knuspriger Keks, Pippi Langstrumpf rollte den Keksteig auf dem Fußboden aus und stach mit den Keksformen Sonne, Mond und Sterne aus. Alles stand ihr offen, so ohne Eltern, eine starke Frau mit einem Pferd, die keine Angst hat, manchmal haben Männer Angst vor mir, das ist schon vorgekommen. Es ist mir unverständlich, was sind das für Männer, hast du Angst vor mir, frage ich Gottfried, der lacht und sagt nein. Aber ich vor dir, wenn du mich nur nicht schlägst, mein hoher Herr, ich hatte immer vor Frauen Angst, vor meiner Großmutter nicht, als ich zwei oder drei Jahre alt war, ging ich im Winter jeden Tag mit der Großmutter übers Eis nach Moosdorf, um die Urgroßmutter zu besuchen, die bettlägrig war. Durch den Schnee auf dem Eis zogen sich schwarze Spuren, Pferdefuhrwerke fuhren hin und her, ich glaube, ich habe auf dem Bett, in dem die Urgroßmutter lag, herumgeturnt, die Urgroßmutter stand im Dorf in einem guten Ruf. Sie war eine Respektsperson, las in einem Weissagebuch und stieß Prophezeiungen aus, ein großer Stern wird vom Himmel fallen wie eine Fackel, Sonne, Mond und Sterne werden ein Drittel ihrer Leuchtkraft verlieren und Tag und Nacht um ein Drittel dunkler werden; das Eis krachte in der Nacht. Man hörte es weit, manchmal machte es ein feines Geräusch, und es lief ein langer dünner Sprung darüber, ich mochte es nicht, wenn kein Schnee auf dem Eis lag. Dann stand ich unsicher auf der Schwärze und schaute und schaute hinunter und dachte, es ist ja nur das Eis zwischen mir und dem! Im Frühjahr darauf war ich mit meiner Großmutter im Haus, stand auf einem Schemel und schaute zum Fenster hinaus, da läuteten die Stiftsglocken, und die Großmutter weinte und sagte, jetzt ist sie gestorben. Ich sagte, wein nicht, wein nicht, und schlug sie leicht auf die Wangen, war das so, meine Mutter arbeitete damals. Das war mir recht, ich war gern mit der Großmutter allein, die immer sagte, das Kind hat ein gutes Gemüt, meine Mutter fand das nicht. Wenn sie nach Hause kam, kommandierte sie mich herum, zumindest habe ich das so in Erinnerung, sie hatte einen schweren Stand im Haus, sie war die zugezogene Schwiegertochter, und die Großmutter mischte sich in ihre Angelegenheiten ein, es war so, als ob ich kein Recht auf mein eigenes Kind hätte, sagte die Mutter. In den Machtkampf zwischen ihr und der Großmutter wurde ich hineingezogen, aber ich wußte es nicht, ich hörte nur, hast du schon wieder am Brunnen mit dem Wasser gespielt, auf der Wiese standen ein paar Birnbäume, zwischen denen wir Schneider wo läuft die Scher spielten. Unter dem großen Nußbaum war das Wasserschaff mit dem Waschbrett, ein Feuer wurde gemacht, es rauchte, der Geruch nach Rauch und Lauge ist noch da, warum, vielleicht wurde das Wasser zum Waschen im Freien erhitzt, einmal ging ich barfuß über den kalten viereckigen Stein vor dem Haus, in dessen Mitte ein Ring zum Heben und die Jahreszahl der Fertigstellung des Hauses angebracht waren. Ich hatte eine rote Blume in der Hand und rätselte an irgend etwas herum, das ist ein Bild, das ich mir von mir gemacht habe. Und die Feste, zu Weihnachten bekam ich einen großen braunen Plüschbären geschenkt, vor dem ich mich fürchtete, das merkt man auf dem Foto nicht, auf dem ich lächelnd mit dem Bären stehe, der so groß ist wie ich, viele Fotos, auf denen die schöne junge Mutter, der schmale Vater mich liebevoll anschauen, ein Foto, auf dem ich nackt mit herausgestrecktem Bauch und einem bösen Gesicht auf dem von meiner Großmutter angelegten Steingarten stehe. Auf diesem Steingarten wuchs eine Pflanze mit kleinen weißen Blüten, auf denen viele Bienen krochen, ich sammelte die grünen und blauen Schleifen der Bensdorp-Schokoladen, und manchmal nahm ich sie, drehte ein Ende mit den Fingern zu, stülpte das andere Ende über eine Biene, drehte auch das andere Ende zu und trampelte auf der Schleife mit der so gefangenen Biene herum. Das tat ich konzentriert, auf der Wiese waren oft Wespennester, wir warfen Steine hinein und liefen davon, manchmal erwischte uns eine Wespe im Nacken, oder war das nur einmal, mein Bruder wurde eines

Abends von der Mutter ausgezogen. Da stach ihn eine Wespe, die die ganze Zeit in seinem Gewand gewesen war, die Wespen waren schlimmer als die Bienen, sie bezahlen den Stich auch nicht mit dem Tod, ich forderte sie heraus. Ich fing sie gern in Gläsern und freute mich, wenn sie böse summend und mit schwirrenden Flügeln die Glaswand auf- und abflogen, an der Vorderseite des Hauses war ein Marillenspalier. Meine Großmutter hatte auch Rosenbäume, die in zwei Reihen standen und von roten Stäben gestützt waren, auf das obere Ende der Stäbe waren bunte Glaskugeln gestülpt, in denen man sich verzerrt sah, es gibt sie heute kaum noch. Meine Nachbarin hat ein paar, womit ich während dieser ersten Jahre spielte, weiß ich nicht mehr, wissen das alle anderen von sich, am liebsten spielte ich wohl mit Wasser, ich hielt meine Hände unter das fließende Brunnenwasser, bis sie blaurot waren, hatte ich Puppen. Ja, es war Sägemehl darin, auf den Fotos sieht man einen Puppenwagen, ich glaube, er war hellgrün, meine Großmutter arbeitete viel im Garten, damals war sie noch nicht gemütskrank. Später packte es sie in Abständen, ich weiß nicht genau, was es war, eine Schwermut, eine Starrköpfigkeit, es war nicht so schlimm wie bei ihrer Schwester, aber auch sie war von Zeit zu Zeit in der Anstalt in Klagenfurt. Sie nahm schwere Psychopharmaka, hast keine Pulver, gib mir welche, sagte sie zu ihrer Verwandten aus Moosdorf, wenn sie es ohne Tabletten nicht aushielt, trank sie, es war schwer, sie zu überwachen. Ein paarmal wollte sie in den See gehen, es gelang nicht, vielleicht wollte sie auch nur warnen, einmal fiel sie auf dem Weg zum See hin und schlug sich das Gesicht auf, sie muß eine große Kraft gehabt haben, um ihr Wesen auszuhalten, das Leben auf dem Land zwischen Sentimentalität und Brutalität. Die Juli spinnt schon wieder, in der Familie sind alle so nervös, hieß es, woher kamen die vielen Gemütskrankheiten in der Gegend, weshalb wollten sie in den See. Was ist die Ursache, die auf unglückselige Weise vermischte Bevölkerung, Inzucht, Alkohol, die rohe Erziehung, in vielen Familien gab es einen Schwachsinnigen, einen Fallsüchtigen, der See, das dunkle Wasser als Mittelpunkt von allem. Die Schwärze unter dem Eis, gut, daß es bald Essen gibt, ich denke nicht gern daran, es zieht mich zurück, von wem ist der Zigarettenstummel in der Klomuschel. Eine leichte Unruhe überfällt mich, es muß einen Neuankömmling geben, wer ist der Neuankömmling, etwa ein Klavierprofessor aus Altaussee. Wer kann das so genau voraussagen, man will Sie berauben, sagte Frau Jelena Burmucic mit den silbernen Fingernägeln und ließ das Pendel schwingen, passen Sie am Freitag auf. Am Freitag stahl man mir in der Straßenbahn die Brieftasche mit tausend Schilling, wird der Klavierprofessor aus Altaussee mein Leben resolut in neue Bahnen lenken, Maria Francesca rennt herum. Kindern bin ich meist verdächtig, dabei bin ich so freundlich und lächle von einem Ohr zum anderen, dein liebes Mona-Lisa-Lächeln, schreibt Gottfried, aber Mona Lisa hat kein liebes Lächeln, er legt mir vieles nett aus. Der Hofbauer Günter schaute sich Kinderfotos von mir an mit diesem

Lächeln eines Krokodils und sagte dazu, wir erfüllen alle Ihre Sonderwünsche, was wünschen Sie sich als Leser sehnlich von mir. Wenn Sie sich nur klar ausdrückten, ich bin ja bestrebt, wollen Sie es zärtlich oder streng, mit oder ohne Peitsche, wollen Sie mit Seidentüchern gefesselt werden oder nicht, gestern nacht saßen wir auf der Terrasse. Auf dem Speicher polterte es, das waren keine Ratten, war es der Klavierprofessor aus Altaussee auf der Suche nach Noten, haben die Ratten die Noten aufgefressen, ich setze große Hoffnungen in den Professor. Sein fester Anschlag könnte neue Perspektiven eröffnen, ich werde zu Gottfried sagen, das reicht jetzt, hau ab und widme dich deinen Kindergeburtstagen, ein Mann mit feinnervigen Händen ist in mein Leben getreten, die sich nicht nur auf der elfenbeinernen Tastatur zurechtfinden, in Altaussee regnet es seit Tagen. Ein Stutzflügel steht unter freiem Himmel, der Deckel ist weit offen, im Inneren des Klaviers steht das Regenwasser bis zu den Saiten, hast du mir je so etwas geboten. Aber denk doch an den Ohrring, wird Gottfried sagen und retten wollen, was zu retten ist, eine anspruchslose Geliebte läßt man ungern ziehen, man kann auch zwei Frauen lieben, hatte er gesagt. Natürlich Gottfried, auch drei oder vier oder fünf, solange ich nicht darunter bin, für Vielweiberei habe ich nicht viel übrig, für Vielmännerei schon etwas mehr, zu Weihnachten hatte er ihr ein Geschenk gemacht, es ihr geschickt in einer kleinen Dose, auf der Fisherman's Friend stand. Sie hatte alle anderen Geschenke vorher aufgemacht und die Dose zum

Schluß geöffnet, ein silberner Ohrring lag auf weißer Watte darin, es war eine schöne Arbeit, ein Viereck, von dem drei verschieden lange, unten abgeschrägte Stäbchen hingen. In die Mitte des Vierecks war ein kleiner Amethyst gesetzt, sie hielt den Ohrring in die Höhe und ließ die Silberstäbchen baumeln, kleine Orgelpfeifen, eine feine Spieluhrmusik, sie hatte nie Ohrringe getragen, es als unnötige Selbstverstümmelung angesehen, sich ein Loch durch das Ohr stechen zu lassen. Tagelang trug sie den Ohrring in ihrer Brieftasche, dann ging sie zu einem praktischen Arzt und ließ sich mit einer Art Pistole durch das Ohrläppchen schießen, der Arzt gab ihr ein kleines goldenes Sternchen, das sie vierzehn Tage im Ohr tragen sollte, um einer Infektion oder Silberallergie vorzubeugen. Sie trug es nur drei Tage, dann stellte sie sich vor den Spiegel und versuchte den Ohrring zu befestigen, sie brauchte lange, und es tat weh, weil sie den Ausgang des Loches nicht fand. Sie schaute in den Spiegel und sah das blutige Ohrläppchen, aber nie hat mir jemand ein Schmuckstück geschenkt, nie war ich jemandem einen Ohrring wert, eine Weile trug sie den Ohrring, und nachdem sie ihn einmal für ein paar Wochen weggelegt hatte, war das Loch zugewachsen. Sie ließ sich das Ohr nochmals durchschießen, als das Loch ein zweites Mal zuwuchs, dachte sie, meine Wunden haben immer gut geheilt, bis zum Heiraten ist alles wieder gut, der Arzt schießt mir ins Ohrläppchen. Es reißt mir das Ohr weg, Entschuldigung, sagt der Arzt, das Kaliber war zu groß, Schwester, das nächste Mal geben Sie mir bitte den kleinen Derringer. Ja, Herr Doktor, ein Versehen, ich bin untröstlich, sagt die Schwester, so mag ich dich aber nicht mehr, sagt Gottfried, als er mich ohne Ohrring sieht. Aber ich hab es doch nur für dich getan, sagte ich entgeistert, ja schon, aber dein Kopf sieht jetzt so unausgewogen aus, das verletzt mein Gefühl für ästhetische Proportionen. Wir müssen das ausgleichen, sagt er und greift zur Kalaschnikow, wache ich jetzt auf oder nicht, trägst du den Ohrring, sagte er am Telefon. Wenn er tagsüber anrief, versuchte sie immer, sich sein Arbeitszimmer vorzustellen, ein Fenster ohne Vorhänge, was hast du denn an, fragte sie ihn. Einen grünen Pullover und eine hellbraune Hose, sagte er, was für ein Hemd, ein gestreiftes, fragte sie, ja, ein gestreiftes, und was für Socken, beige, und welche Schuhe. Manchmal kam während des Gesprächs jemand in sein Zimmer, dann hörte sie ihn leise reden, vielleicht setzte sich die Sekretärin auf seinen Schoß und hörte das Telefongespräch mit. Du fehlst mir, sagt er in den Hörer, und die Sekretärin küßt ihn auf den Hals und klappt die Beine auseinander, ich habe von dir geträumt, sagt er. Und die Sekretärin nimmt seine Hand und führt sie an ihre Brust, du sollst mir treu sein, sagt er und öffnet den Gürtel der Sekretärin; wenn sie ihn anrief, nahm die Sekretärin das Gespräch entgegen und stellte es zu ihm durch. Nach ihrer Stimme konnte sie sich nichts vorstellen, vielleicht hatte sie kurzes hennarotes Haar und einen violett übermalten Mund, ich verbinde. Meine Sekretärin gönnt mir die Gespräche und die Briefe, sagte Gottfried, sie ist sehr diskret, heute morgen, als ich kam, hat sie gesagt, ich habe Ihnen das Päckchen schon auf den Schreibtisch gelegt, und gelächelt. Es ist Ihre Frau, sagt sie, sie läßt fragen, ob sie die Karten für den Musikverein abbestellen soll oder nicht, manchmal las er ihr am Telefon etwas vor, Catull. Gib mir tausend Küsse und abermals tausend, Lesbia, seine Stimme am Telefon erregte sie immer, sie riefen einander oft an, ihre Telefonrechnung war hoch. Die Briefe und Telefongespräche waren über Wochen und Monate ihre einzige Verbindung, das Wunder des Telefons, Trägerfrequenztechnik, die Sprachfrequenzen werden einer höheren Frequenz aufmoduliert. Über Sendefilter werden die Gespräche auf ein Koaxialkabel geschaltet und am anderen Ende durch Empfangsfilter getrennt und wieder demoduliert, für den Sprechverkehr in Gegenrichtung muß ein zweites System bereitgestellt werden. Wie hoch sind die Modulationsamplituden meiner Sehnsüchte, die Maßeinheit ist ein Hertz, der Bruder Konrad rief sie selten an. Er war einsilbig am Telefon, und sie redete ununterbrochen, wie um etwas zu vertuschen, oft versuchte sie sich vor ihm zu rechtfertigen, ihm etwas zu erklären. Sie wollte, daß er verstand wie früher, manchmal machte sie ihm Vorwürfe, warum bist du so gleichgültig, warum rufst du nie an, du wirst sehen, sagte der Bruder Konrad manchmal zur Schwester, einmal ziehst du auch noch nach Wien. Sie hatte es manchmal erwogen, aber so gern sie reiste, so fürchtete sie sich vor langfristigen Ortsveränderungen, vielleicht ist Wien noch ärger, dachte sie. Und ich brauche so lange, bis mir etwas vertraut ist, ein Mensch, eine Stadt, ich bin mißtrauisch, die Stadt war lähmend, aber sie war ihr vertraut. Sie hatte Angst davor, sich von neuem zurechtfinden zu müssen, jetzt, wo sie endlich alle Geschäfte, Ämter, Gasthäuser kannte, Angst, irgend etwas an dem neuen Wohnort könnte sie so irritieren, daß ein Bleiben unmöglich wurde. Sie war leicht irritierbar, was Anwesenheitsorte betraf, auch ihre Wohnung irritierte sie leicht, vielleicht sollte sie trotz ihrer Angst von Veränderung eine neue Wohnung suchen. Vielleicht war es Zeit für einen Wechsel, für eine Wohnung mit unbeschriebenen weißen Wänden, mit glänzenden Klinken und Wasserhähnen, mit hellen hohen Räumen und großen Fenstern, eine Wohnung mit Ausblick, mit Überblick, über Häuser, Hügel, Bäume, eine Wohnung, in der sich noch nichts eingenistet hatte wie Holzwürmer, kein Streit, keine Kränkungen, kein Schweigen, eine Wohnung ohne eine Kreuzung von Wasseradern. Ein solcher Umzug könnte ein Schluß dieses Textes sein, einer von mehreren, ich richte die neue Wohnung ein, helle Vorhänge, der Efeu umwächst nicht mehr das Zimmer, ich könnte ihn verschenkt haben, er könnte abgestorben sein, ich habe viel Altes weggeworfen, es ist jetzt mehr Platz, das neue Bett ist sehr viel breiter und nicht mehr so hart, das Licht der sorgfältig ausgesuchten Lampen ist weich, ein Computer steht auch in der neuen Wohnung. Aber die Färbung des Bildschirms tut den Augen nicht weh, es ist ein wohltuendes Graugrün, die Jalousien sind neu und sauber, ich lasse sie selten herunter. Man kann von außen in die neue

Wohnung sehen, die neue Wohnung im Kopf, dieser Schluß ist schön, kühl, nicht kalt, es kann eigentlich keinen angenehmeren Schluß geben, du wirst sehen, du ziehst auch noch nach Wien, sagte der Bruder. Und dann würde sie wirklich nach Wien ziehen, aber der Bruder wäre inzwischen schon mit seiner Familie nach Kärnten gezogen, wieder habe ich ihn verfehlt. Wo ist mein Bruder Konrad, frage ich dann die Wiener auf der Straße, warum habt ihr meinen Bruder vertrieben, aber gnä Frau, wir haben ihn doch nicht vertrieben, sagen sie. Er war ganz aufgeregt und hat gesagt, er muß weg, seine Schwester holt ihn sonst ein, da sehe ich ihn die Wiedner Hauptstraße hinunterlaufen und laufe ihm nach, der Abstand verringert sich, die Wiener stehen am Straßenrand, schwenken Fähnchen und feuern meinen Bruder an. Laufens, laufens, die Kanaille holt auf, als ich etwa zwei Meter hinter ihm bin, schaut sich der Bruder um und streut bunte Kaugummikugeln auf die Straße, ich höre ihn lachen, als er um die Ecke biegt; sind Ihnen die drei bisher gesetzten Rufzeichen aufgefallen. Wenn Sie sie finden, und in einem Kuvert mit Rückporto an das Postfach 295, Bahnhofspostamt Graz senden, werden Sie eine unliebsame Überraschung erleben, nein, nach Unsterblichkeit gelüstet mich nicht, die Aussicht auf ein Abendessen am Giannicolo, bestehend aus Wein und kaltem Reis, genügt mir. Von der Terrasse aus sehen die Wolken heute wie auseinandergebrochen aus, um die Sonne ringelt sich eine Art Spiralnebel, was hat das zu bedeuten, kein Flugzeug zieht einen geraden Kondensstreifen hinter sich her, bei dessen Anblick ich mir denken könnte, daß Stewardessen und Piloten sicher bei jeder Gelegenheit vögeln, vielleicht sogar während des Flugs im Cockpit, wer weiß. Heute werden die meisten Flugzeuge ohnehin schon elektronisch gesteuert, Melissa Redfern schließt leise die Tür zwischen Bordküche und Cockpit und tritt hinter Chefpilot John Grant. Melissa, Täubchen, ich warte schon seit dem Start auf dich, sagt Grant, setz dich zu mir, Melissa Redfern setzt sich auf seinen Schoß, nimmt ihr Stewardessenhäubchen ab und schüttelt die Flut goldblonder Haare, die zum Vorschein kommt. Grant knöpft ihr die Bluse auf, und Melissa schlüpft aus ihrem engen dunkelblauen Rock, bald sitzt sie nackt auf ihm, nur die Stöckelschuhe hat sie noch an, es wird leidenschaftlich. Aber Copilot Peter Simpson schläft; als Melissa Redfern sich im Orgasmus aufbäumt, zerschlägt sie mit dem Absatz das Sprechfunk- und Funknavigationsgerät, die Kraftstoffanzeige für den rechten Tank, die Kraftstoffanzeige für den linken Tank, den Kurskreisel, das Variometer, den Leitkursanzeiger, den Magnetkompaß, den Funkkompaß und den Fahrtmesser, o Gott, Melissa, Täubchen, ruft John Grant. Was hast du getan, wir sind verloren, schreiend und nackt läuft Melissa Redfern in den Passagierraum, ein gutgekleideter Fluggast hält sie fest und sagt sanft, ich bin Mikis Tsalikis, einer der sechs reichsten Reeder der Welt. Machen Sie mich zum glücklichsten Menschen und heiraten Sie mich, er nimmt ihren linken Ringfinger und steckt ihr einen Ring mit einem erbsengroßen Brillanten an, schluchzend sinkt Melissa

Redfern an seine Brust. Als das Flugzeug an Höhe verliert, wacht Copilot Peter Simpson auf, erkennt augenblicklich den Ernst der Situation, greift zum Fallschirm, bekreuzigt sich und stößt sich ab, er fällt wie ein Stein, bis sich der Fallschirm mit einem dumpfen Geräusch öffnet wie eine wunderbare Qualle, Peter Simpson blickt von hoch oben auf die Terrasse auf dem Viale Bruno Buozzi, hinunter auf meine Niederungen, meine Wiesen und Täler, Mulden und Wälder, die langgezogenen Hügelketten und steil aufragenden Bergspitzen. Flieger, blicke gelassen auf mich, die ich mich ausbreite unter dir mit all meiner Flora und Fauna, hab keine Angst, in meinem Stoppelfeld landest du relativ weich, tu mir den Gefallen, sagte Gottfried, und rasier dir die Schamhaare ab. Ich weiß, es ist kindisch, aber ich hab das so gern, schick mir ein Aktfoto von dir, niemand außer dir und mir wird es je zu Gesicht bekommen, aber wer soll es machen, Gottfried, wenn nicht der Andritzer Liebhaber, der montags und donnerstags kommt wie eine Putzfrau, soll ich dir die krausen Haare in einer ovalen Dose mit einem durchscheinenden Achatdeckel schicken, mit einem blauen Band zu einem Schöpfchen gebunden. Soll ich dir das Foto vergrößern lassen und als Puzzle senden, die Frau als Rätsel, du kannst mich zusammensetzen, hier ein Nabel, dort ein Leberfleck, paß aber auf, die Vorlage ist weit weg, verliere kein Stück, wer macht sich die Mühe und setzt mich zusammen. Ich will es ihm lohnen, mit was, mit was, mit lauter Gold und Edelstein etwa, mit ewiger Liebe und Treue etwa, wer weiß, wie Gottfried mich unter Druck gesetzt hat vor einem halben Jahr. Sei mir treu, hat er am Telefon verlangt, du mußt mir treu sein, sonst ist es zu Ende, ich stellte mir vor, wie er mit seiner Frau vögelte in einem großen leeren Zimmer, während die Kinder gefesselt und geknebelt neben ihnen am Boden lagen. Die Frau ist seit Jahren mit seinem Körper vertraut, es ist leicht für sie, sie kennt die Handgriffe, ich bin ungeschickt, die Frau liegt auf ihm und weiß genau, wie sie es macht. Immer macht sie es gleich und immer ist es gut, sie schreien und stöhnen, aber die Kinder hören nichts. Sie haben ihnen die Ohren mit Kerzenwachs verklebt, er rief mich nachts an, du sollst mir treu sein, flüsterte er, ich muß aufhören, sagte er dann und legte sofort auf, ich schaute auf die Bettdecke mit dem weißen Himmel und den blauen Wolken und dachte, nein, und wieder sagte er am Telefon, wenn du mir nicht treu bist, ist es zu Ende. Ich sprach laut in den Hörer, wenn du das so siehst, dann ist es seit einer Woche zu Ende, und er war eine Weile stumm am anderen Ende und legte auf. Fünf Minuten später rief er wieder an und sagte, du blöde Sau, warum hast du das gemacht, er war außer sich und redete immer dasselbe. Warum hast du es gemacht, wer ist es, ich will es gar nicht wissen, du hast alles zerstört, wir redeten, bis wir erschöpft waren, und ich schlief ein ohne ein Gefühl. Es gibt kein Verständnis zwischen Männern und Frauen, am nächsten Morgen rief er wieder an, versteh doch, schrie ich, ich brauche jemanden zum Vögeln, hier, in Graz. Du hast doch auch deine Frau, der Tag war ein Faschingsdienstag. Am Nachmittag ging ich in die Stadt, sie stellte sich in eine Weinstube zwischen viele maskierte Leute und betrank sich, sie sah einen gütigen Mann mit einem Parka an der Theke lehnen und sprach ihn an. Der Mann hängte ihren Mantel an der Garderobe auf und lud sie zu einem Glas Wein ein, er war Bergsteiger, sie begann eine Auseinandersetzung mit seinem Freund, nannte ihn einen Faschisten und sagte, sie würde ihn am liebsten schlagen, der Freund sagte, er fände Frauen wie sie unerträglich. Der gütige Mann verteidigte sie und sagte, sie sei anders, jahrelang habe er eine Frau wie sie gesucht, lange lehnte sie mit geschlossenen Augen an der Schulter des gütigen Mannes, der den Arm um sie gelegt ließ und sich mit Leuten unterhielt. Was für eine Wohltat, dachte sie, am späten Abend ging sie, ihre Freundin begleitete sie nach Hause, in der Straßenbahn sagte sie mehrmals laut zu ihr, ich liebe dich. Am nächsten Tag merkte sie, daß sie ihre Uhr verloren hatte und ging nicht zur Arbeit, eine Woche später erhielt ich ein Paket voller Papierstückchen, Blätter und Erde, es war alles, was ich Gottfried geschrieben hatte, auch die Reste einer Pflanze, die ich ihm geschenkt hatte, und eine für ihn bespielte Kassette, auseinandergebrochen, als ich die zwei Hälften sah, begann ich zu weinen. Ich ertrage es nicht, wenn du einen anderen hast, einen anderen, ich kauf mir eine Pistole, wenn meine Frau einen anderen hat, einen anderen, ich verstehe nicht, warum du auf meine Frau eifersüchtig bist, das ist doch etwas ganz anderes. Ich wäre nicht eifersüchtig, wenn du einen Mann hättest, den du liebst liebst liebst, aber ihr liebt euch ja nicht, ja nicht, ihr trefft euch nur montags und donnerstags, er spritzt doch nur ab, merkst du das nicht, das nicht. Du bist seine Bedürfnisanstalt, Anstalt, Anstalt, ich schaute die Stückchen an und begann zu lesen, Andeutungen, Zaubersprüche, Bruchstücke, ich begann dazupassende Stücke zu suchen, zog das Magnetofonband Meter um Meter aus der zerbrochenen Kassette. Es ringelte sich schön, ich kaufte einen Karton und machte eine Collage aus der Wut, Sehnsucht eine / wünscht Ihnen / ist es eine Komödie / wieder solche Lust hätte / wie es ist, wenn ich Dich / Schloß Miramare / immer Deine Schultern / hat seine Nachbeben / Kopfarbeit wird in Österreich diskriminiert, über alles schlängelte sich das Magnetofonband. Die Collage gefiel mir nicht, ich hatte es nicht gut gemacht, es zeigte die Energie in den Dingen nicht, Gottfried rief mich an. So, der Haß ist weg, sagte er; ich habe schlecht geschlafen, ich hörte Geräusche, wie wenn jemand Steine ans Fenster wirft und hatte Angst, aber sind es nicht Liebhaber, die Steinchen ans Fenster werfen, stellen ihnen die Mädchen nicht Kerzen ins Fenster. Ich öffnete den Vorhang einen Spalt breit, das orange Licht der Straßenbeleuchtung war hinter den Bäumen, ich höre Geräusche im Haus, stehe auf, uriniere ins Waschbecken, weil ich mich nicht hinaustraue, nehme mein Schweizermesser aus der Tasche, klappe die größte Klinge auf, lege es neben das Bett. Ein aufgeklapptes Messer, ein aufgeklappter Schwanz, eine Gelse sticht mich immer wieder, ich erwische sie nicht, es gibt gastlichere Landstriche als das Burgenland. Einmal war ich dort in einem

Weinkeller, der Bruder Konrad war noch sehr jung, alle saßen um den langen Tisch, es war unerträglich, ich betrank mich und tanzte mit dem hübschen Kellner. Der Kellner führte mich in eine Ecke und drückte mich an die Wand, alles drehte sich, es war dunkel, ich hörte Stimmen und stolperte über Stufen, er setzte mich in sein Auto und schloß die Türen ab. Die Angst ernüchterte mich, er fuhr mit mir mitten auf ein großes abgeerntetes Maisfeld und schaltete die Scheinwerfer aus, ich wollte nicht mit ihm vögeln, ich lief über das Maisfeld und verlor einen Schuh, er holte mich ein und trug mich ins Auto wie eine Braut. Brachte er mich jetzt um, er nahm eine Rohrzange aus dem Kofferraum, so kann ich mit dir nicht zurückfahren, sagte er. Es wäre eine Schande für mich, die Burschen aus dem Dorf würden mich auslachen, ich hörte auf, mich zu wehren und redete, das Reden nützte nichts, er glitt über die Kupplung, sein Schwanz war bleich. Er hob mir den Rock, spritzte den Samen in mich und wischte sich mit einem Tempotaschentuch ab, meine Schenkel ragten gerade und weiß aus mir. Er fuhr mich in das Gasthaus zurück, ich ging in mein Zimmer, fiel auf das Bett und lag lange auf dem Bauch. Ich schlief, ging in den Frühstücksraum, derselbe Kellner servierte mir stumm das Frühstück, zwei Semmeln, Butter, Marillenmarmelade und Kaffee. Is it tomorrow yet / I got to look my best for my baby, sang Joan Armatrading später, bei der Rückfahrt mit dem Autobus war mein junger Bruder blaß und übergab sich, ich hatte nicht auf ihn geachtet, ihn nicht beschützt. Ich hatte zugelassen, daß er sich betrank, hatte ihn darin bestärkt, wieder war ich unzuverlässig gewesen, ich bin aber meines Bruders Hüter, ich vergaß den Kellner nicht so schnell, obwohl ich mir sagte, sei nicht hysterisch wie die anderen Frauen. Der Vorfall hat nichts zu bedeuten, du hast ihn ja auch selber herbeigeführt, der Vater und ich gingen danach durch den Wald, der Vater ging vor mir her. Ich fürchtete mich vor dem Vater und dem aufgeklappten Schwanz, der Bruder und ich gingen danach durch den Wald, der Bruder ging hinter mir her, ich fürchtete mich vor dem Bruder und dem aufgeklappten Schwanz. Es war nicht so einfach, ich hatte es abschütteln wollen, ich bin aber meines Bruders Hüter, sage ich starrköpfig. Sie dachte daran, wie der Bruder sie einmal in Graz hatte besuchen wollen, an einem kalten Tag, er war noch zur Schule gegangen, er hatte sich nicht angekündigt, und sie war nicht zu Hause gewesen. Die Zimmerwirtin hatte ihm aufgesperrt und später zu ihr gesagt, stundenlang ist er dagesessen, Ihr Herr Bruder, und hat auf Sie gewartet, in der Kälte, ich war den ganzen Tag bei meinem Freund gewesen. Der Bruder hat auf mich gewartet im eiskalten Zimmer, hat die Topfentorte auf den Tisch gestellt, die er als Geschenk mitgebracht hatte, und sie angeschnitten, als er Hunger bekam. Und ich habe inzwischen mit dem Freund im warmen Zimmer eine Flasche schweren jugoslawischen Rotwein ausgetrunken und auf dem weichen dunkelroten Spannteppich gevögelt, warum hat er so lange gewartet, warum ist er nicht früher gegangen, warum hat er solange ausgehalten, warum ist er in der Kälte geblieben. Warum bleibt er in der Kälte, ich habe oft gedacht, es drückt mir das Herz ab, ich habe oft gedacht, es drückt mir die Seele ab, immer war es der Bruder, von dem ich träumte, die Mutter hat mir aufgetragen, auf den Bruder achtzugeben. Ich habe ihn kurz aus den Augen verloren, und er ist verschwunden, ich laufe am Bachufer auf und ab und sehe seinen Kopf aus dem schäumenden Wasser auftauchen, ich versuche ihn mit den Händen zu erreichen, gelange nicht bis zu ihm. Als der Bruder nicht mehr auftaucht, springe ich ihm nach, das Wasser schlägt über mir zusammen, ich rudere mit den Armen im Wasser, blind, taste nach ihm. Mir scheint, ich berühre ihn, aber ich bekomme ihn nicht zu fassen; was ist, sagt Gottfried und setzt sich im Bett auf, du jammerst ja, ich habe wieder von meinem Bruder geträumt, sage ich. Ein Schmerz ist in meinem Unterleib, gekoppelt mit einem sexuellen Gefühl, halt mich, sage ich, dieser Verkehr auf der Viale Bruno Buozzi, dabei ist das noch gar nichts, der Busfahrer hält, steigt aus, trinkt aus dem Brunnen, kauft eine Zeitung, steigt ein und fährt weiter, Rolf Dieter Brinkmann schrieb haßerfüllt über den Verkehr in Rom und starb bei einem Autounfall. Georg Heym träumte seinen Tod beim Eislaufen voraus, was schreibe ich, was träume ich, schreibt man weg oder beschwört man herauf. Trägt man Vergangenes ab oder sind die Träume Symbole für Kommendes, was war gestern, gestern fuhr ich mit der hageren Frau auf den Giannicolo, wir gingen in ein leeres Haus und stiegen viele Treppen hinauf, dann tat sich eine Terrasse auf, wo der Wind alles durcheinanderwehte. Ein magischer Ort, sagte ich einfallslos, weil ich mit dem Schauen nicht nachkam, schau, dort unten ist die Villa Sciarra, und die Kuppelspitze gehört zum Petersdom. Schau, dort drüben das Konkave ist das Kolosseum, schau, die zwei Kuppeln am Horizont, ist das San Giorgio, die Frau berührt mich leicht mit einer Hand an der Taille und deutet mit der anderen auf die Stadt. Sie berührt mich am Ellbogen, ich habe Angst vor leichten Berührungen, aber das ist angenehm, ich drehe mich, weil ich so etwas noch nie gesehen habe. Die Terrasse steht mitten in der Luft, so hoch, ich will so eine Terrasse haben, gebt sie mir, sie gebührt mir, ein langer roter Gartenschlauch läuft durch die Blumen und Sträucher. Neben der Tür ist ein Jasminstrauch mit vielen verwelkten und neuen Blüten, in die Türöffnung hängt ein Zweig einer Bougainvillea, Oleandersträucher, ein Efeuspalier, wir setzen uns an den Tisch und essen, der Himmel ist graubraun. Die Stadt ist braun, die halbvolle Weinflasche schwankt, fällt vom Tisch und zerbricht, ich sammle die Scherben aus dem ausgeflossenen Wein, so einen Wind habe ich hier seit zwanzig Jahren nicht erlebt, sagt sie. Schwere Tontöpfe mit Blumen stehen auf der Terrassenmauer, ich gewöhne mich nicht an den Anblick, laßt mich hierbleiben, die Wohnung kostet nur 260 000 Lire im Monat, aber jetzt wird das Haus renoviert, es gehört einem Rechtsanwalt aus Verona, und der will dann die Terrassenwohnung für sich haben. Warte, ich schalte die Lampe ein, man glaubt nicht, wie in Italien elektrische Leitungen installiert werden, nichts wird geerdet, außer in den uffici pubblici, in den Privatwohnungen nicht. Dauernd passiert etwas, der Himmel wird dunkler, immer mehr Lichter erscheinen unten, Nostradamus hat alles prophezeit. Nachdem es eingetreten ist, ist es so einleuchtend, nur vorher ist es rätselhaft, Nostradamus hat Geheimnamen verwendet, sagt sie, weil er die Inquisition fürchtete. Die Inquisition läßt niemanden sagen, was er weiß, er hat die Revolution im Iran vorhergesagt, den Iran nennt er Nira, und die Prophezeihungen brechen im Jahr 2003 ab, genau wie bei Malachi. Ist es nicht eigenartig, dann sehen sie nichts mehr, Nostradamus hat gesagt, daß man die Menschen aus Rom evakuieren wird, daß Rom unbewohnbar sein wird, was wird mit Rom passieren, wird es ein gewaltiges Erdbeben geben, heute abend. Es ist ein Erdbebenwind, ich würde gern auf die Liparischen Inseln fahren, ich stelle mir vor, daß Schwefeldampf über ihnen liegt, auf ihnen sind Vulkane noch tätig, das würde ich gern sehen. Alaun- und Borsäure werden dort gewonnen, die Frau Anzinger sagte, fahren Sie die nächsten zwei Jahre nicht in Erdbebengebiete, einer der zwei großen Erdbebenbögen verläuft durch das Mittelmeer, Erdbeben sind ruckartige Ausgleiche von Spannungen. Auch durch den Einbruch von Hohlräumen und durch Vulkantätigkeit kann es zu Erdbeben kommen, wird sich durch unsere Erschütterungen etwas verschieben Gottfried, mein Gefühl für dich ist im Steigen begriffen auf der nach oben offenen Richterskala, sagt er, welche Frau hört das nicht gern, schwankt die

Terrasse schon. Ich hätte hier nie herkommen dürfen, was mache ich in dieser Höhe, und die schlampige italienische Bauweise, ein kleiner Sprung läuft neben dem roten Gartenschlauch her, schau, der Turm von Santa Maria Maggiore stürzt ein, schau, das Kolosseum versinkt in einer Erdspalte, schau, die Kolonnaden des Petersdoms fallen in sich zusammen. Schau, die Engelsburg steht noch, die benachbarte finnische Botschaft vom Heiligen Stuhl, Parteienverkehr Mittwoch bis Freitag zehn bis zwölf, neigt sich zur Seite, der Botschafter und die geistliche Schwester, die bisher ein schönes Leben gehabt haben, klammern sich aneinander, heilige Maria Mutter Gottes, ruft die geistliche Schwester auf finnisch, einen finnischen Winter möchte ich noch sehen, dann trifft sie ein Kapitell, ein Stück der Terrassenmauer fällt in die Tiefe. Die Lampe schwankt, ich laufe hin und her, der Fußboden bricht ein, da fliegt der Klavierprofessor aus Altaussee auf einem Bösendorfer die Terrasse an, zieht mich zu sich auf den Klavierdeckel und nimmt Kurs auf die Engelsburg. Die Frau bleibt zurück, die Engelsburg ist das einzige erdbebensichere Gebäude, sagt er, ich habe Beziehungen zum Kustos des Militärmuseums, er hat eine österreichische Tante, der ich seinerzeit Klavierstunden gegeben habe, eine völlig unbegabte Person. Er wird uns auf dem Dach landen lassen, ich war eben in der Küche und habe Gorgonzola gegessen, da kam der echte Klavierprofessor aus Altaussee herein und begann, Tomaten zu schneiden, ich sah ihm zu, sofort war mir klar, daß die in ihn gesetzten Hoffnungen nicht begründet sind, er ist eine Enttäuschung, auch rein äußerlich. Die Partitur der Symphonie Fantastique wird ihm immer ein Rätsel bleiben, wie werde ich dieses Buch ohne die Terrasse auf dem Viale Bruno Buozzi fertigschreiben, ich muß ja bald nach Österreich zurück, glauben Sie nicht auch, daß das Mischen von Königen und Narren in der Literatur auch heute noch seine Berechtigung haben sollte, so wie in der Shakespearezeit. Ja, aber doch bitte nicht in Deutschland, wo die Tradition des Guten, Wahren und Schönen ungebrochen ist und alles Literarische, verzeihen Sie, doch eine deutlich erkennbare Tiefe aufweisen sollte, Felicitas preßte ihre Stirn an das kühlende Fenster. Seit der flüchtigen Begegnung mit Junker Jörg hatte ihr erwartungsvolles Herz keine Ruhe mehr gefunden, jetzt habe ich schon zwei Kugelschreiber ausgeschrieben, bei Kugelschreibern bin ich nicht heikel, manchmal klingt das Sägen der Zikaden wie Arbeit, ein großes grünes Luftschiff mit der Aufschrift Fuji Film fährt leise von Süden nach Norden über die Terrasse. Leicht setzt es auf dem Flughafen Wien Schwechat auf, meine Beine tun weh vom vielen Sitzen, vorsichtig steige ich aus dem Luftschiff, die Queen auf Staatsbesuch in Wien, ich trage ein malvenfarbenes Ensemble aus Kamelhaar, bestehend aus einem langen engen Rock und einer überlangen Jacke mit angeschnittenen Taschen und breitem Revers. Sehen Sie diese Linie, sagte der Modeschöpfer Benito Botticellini und deutete auf den Kragen, dieser göttliche Schwung, darunter trage ich eine Seidenbluse mit locker gebundener Halsschleife in

Silbergrau, den Hut mit den Flamingofederchen und dem kleinen Tüllschleier über den Augen halte ich fest, hinter mir tritt der Prinzgemahl mit auf dem Rücken verschränkten Händen aus dem Flugzeug. Mit der freien Hand winke ich den Zeitungsleuten und offiziellen Begrüßenden zu und zur Probe für die öffentliche Rede vom Balkon des Rathauses sage ich in fast akzentfreiem Deutsch, ich bin eine Wienerin, ich stellte mich zur Gepäckausgabe und wartete auf meine Tasche. Hinter der Glasscheibe zwischen Warte- und Abflughalle standen viele Leute, um Ankommende abzuholen, während ich wartete, sah ich Gottfried unter ihnen, dicht an der Glasscheibe. Ich tat, als sähe ich ihn nicht, mit der Tasche ging ich durch Paßkontrolle und Zoll, hinaus zu ihm, wir standen voreinander und berührten uns nicht, na, sagte er, ich hatte sofort Lust, mit ihm zu vögeln. Gehen wir ins Hotel, sagte ich, wir fuhren mit seinem Auto durch die Stadt, ich hab Durst, sagte er, ich zeig dir was, wir gingen in ein Beisel mit einem Bretterboden und Bretterwänden. Auf Holzregalen standen viele Flaschen, es waren fast nur angetrunkene Männer in dem Raum, ein paar begrüßten ihn, ich werde dich als Kollegin aus Graz vorstellen, sagte er, so eine hübsche Frau, sagte ein Betrunkener, wo hast du denn die her, wir setzten uns an einen kleinen runden Tisch. Ich wollte Wein, die Kellnerin stellte mir einen Welschriesling in einem bauchigen, beschlagenen Glas hin, Gottfried trank Bier, viel und schnell, an dem Tisch saß ein Paar, das er kannte, eine junge chinesische Pianistin und ein Wiener Pianist, die Chinesin warf sich das lange schwarze Haar über die Schultern und lachte unentwegt. Sie ist sehr begabt, sagte Gottfried, der blauäugige Pianist sagte, wir leben jetzt zusammen. Es geht gut, wir werden heiraten, am Nebentisch hörten die Leute nicht auf zu lachen, es ist so laut, gehen wir, sagte Gottfried. Letztes Mal war es hier nicht so laut, wir fuhren zu einem kleinen Hotel, wo er ein Zimmer für mich reserviert hatte, das Zimmer hatte ein großes hellgrünes Bett, eine gepolsterte Doppeltür und mehrere Lampen, die ein angenehmes Licht abstrahlten; hast du mich schon weggeschrieben, fragte Gottfried heute am Telefon. Ich warf dauernd Gettoni in den Apparat, der immer wiederkehrende Pfeifton irritierte mich, ich konnte ihm nichts Liebes sagen, soll ich aufs Land fahren, fragte ich ihn. Ja, fahr aufs Land; wer behauptet, Schreiben sei Therapie, mag recht haben, sicher bin ich nicht, wer zu schreiben beginnt, kann schon so weit fortgeschritten sein, daß ihm kaum noch zu helfen ist, Schreiben ist für einen solchen dann keine Therapie, sondern das nötige Gift, das ihn jeden Tag weiter vom Lebendigen entfernt. Er gerät immer tiefer in den Wörterwahn, so denke ich heute und so ist es, morgen werde ich mich wieder besänftigen und mir einreden, daß es nicht so schlimm ist und daß ich jederzeit aufhören kann; aber darum geht es nicht, für Schreibende ist es mit oder ohne Schreiben gleich aussichtslos. Heute habe ich mich in eine Niedergeschlagenheit hineingeschrieben, ich will kein Schreiben, ich will keine Phantasie und kein kompliziertes Denken, keine Sensibilität und keine abendländische Logik, die schon gar nicht. Die hat schon genug angerichtet, die Künstlichkeit der Wörter macht einen fertig; ich will unempfindlich und unkritisch sein und drei Kinder mit Gottfried oder sonst einem Mann mit breiten Lippen und guten Nerven haben, der Kinder wiegen, Auto fahren und ein Essen kochen kann und mit dem man sich in der Öffentlichkeit nicht zu genieren braucht. An den Kindern würde ich mit einer unempfindlichen und unkritischen Disposition auch meine Freude haben, oder ist das doch nicht so einfach, einmal hat mein Vater voll Zorn über mein Grübeln ein blaues Suhrkamp-Taschenbuch durch die Wohnung geworfen, er hatte wahrscheinlich recht. Manchmal aber kann Schreiben ein Glück sein, das glücklichste Spiel, das ich kenne, glücklicher als alle Liebesspiele, besser als ein Orgasmus, aber ihm nicht unähnlich, eine Versunkenheit wie bei Kindern, von der Liebe unabhängig, der wir alle nachjagen mit hängenden Zungen, meine Augen tun mir weh. Mein Körper ist heiß, vielleicht werde ich krank, jetzt schreibe ich aus reinem Unmut noch ein bißchen weiter, was denn, etwas über Waschbären, Wespen und Gewänder, im Bundesstaat Connecticut kommen die Waschbären in der Nacht zu den Häusern und wecken die Leute auf, weil sie die Deckel der Mülleimer, in denen sie nach Eßbarem suchen, auf den Boden werfen; einmal war ich im Herbst auf dem Steinberg essen, im Gasthaus Fickler. Der alte Herr Fickler erschlug die Wespen mit der bloßen Faust, wenn sie ihm zu nahe kamen; als ich entjungfert wurde, was gar nicht so einfach war, zog ich folgende Kleidungsstücke der Reihe nach aus und legte sie ordentlich über die Stuhllehne: einen dunkelbraunen Plisseerock, einen dünnen schwarzen Rollkragenpullover, einen Nylonunterrock mit schwarzweißem Hahnentrittmuster, eine braune Strumpfhose, einen weißen Büstenhalter mit Drahtstäben und eine weiße Baumwollunterhose; letzte Nacht habe ich besser geschlafen. Vorsichtshalber trank ich viel Weißwein, hat Rom Sie schon angeregt, fragte der Beamte des Kulturinstituts, was soll man darauf antworten, schreiben Sie etwas über Marozia, sagte er. Gegen sie war Lucrezia Borgia ein Waisenkind, man hat eine Intrige gegen mich gesponnen, sagte die Angestellte des Kulturinstituts, eine imponierende blonde Frau von klassischem Zuschnitt, womöglich muß ich nach Wien zurückgehen, ich hätte das nie erwartet, ich bin ein offener Mensch, eine Intrige. Stellen Sie sich das vor, was geht mich Rom an, Rom ist zu allen Zeiten für jeden Künstler eine Quelle der Inspiration gewesen, all diese Städte, vielleicht fahre ich bald nach St. Ulrich. Wer weiß, ich werde im Schatten vor dem Haus sitzen und schreiben, die Mutter wird die vom Balkon fallenden Blütenblätter zusammenkehren und sich dann auf die Gartenliege legen und schlafen, der Wind wird die Blumen und Blätter bewegen und mir meinen verspannten Rücken streicheln. Um zwei Uhr werde ich Kaffee kochen und das Geschirr auf einem orangen Tablett über die Stiege in den Garten tragen, die Mutter schläft noch immer unter der Fichte, neben den Blumentöpfen, die sie den Sommer über ins Freie gestellt hat, sie schläft nur leicht und hört das Klirren der Tassen, wir trinken Kaffee und essen Kuchen, es ist langweilig und erholsam und schön, ein Idylle, trügerisch wie alle. Man hört ein Flugzeug lauter und dann leiser werden, direkt über St. Ulrich verläuft eine viel beflogene Route, die Hirsche auf dem Berg haben Bleispuren in ihrem Inneren, oder ich flieg zu dir Gottfried, wie ich schon einmal aus dem Ausland zu dir geflogen bin, du mußt für alles herhalten, was fehlt. Das schaffst du nicht, der Bus hielt vor dem Flughafengebäude, sie ging hinein und suchte ihren Schalter, um die Reisetasche loszuwerden, sie hatte Zeit und spazierte in der Abflughalle umher, ein Mann mit einer goldenen Pappkrone auf dem Kopf zog eine lange Reihe ineinandergeschobener kleiner Gepäckwagen hinter sich her, die durch eine Kette zusammenhingen, alle wollen weit weg oder kommen von weit her. Kurz sind sie da, dann stieben sie auseinander in verschiedene Richtungen, Liebespaare treffen und trennen sich, Menschen verlassen ihr Land für immer. Urlauber kommen zurück und frieren, sie setzte sich auf einen harten Schalensitz neben einen Papierkorb, Bomben in Papierkörben auf Flughäfen, sie stand auf und schaute hinein, dann setzte sie sich wieder, viele Putzfrauen, die auf dem glatten Boden knien und das Blut aufwischen. Das Blut macht halbkreisförmige Spuren durch die Handbewegungen der Putzfrauen, wie Scheibenwischer, jemand sammelt die Arme ein, ein anderer die Beine, es ist alles vorbei, niemand schreit mehr, zwischen den Tischen des Flughafencafés und dem Platz mit dem Papierkorb haben sie einen geflochtenen Paravent aufgestellt, die Putzfrauen wischen

Blut. Die Fluggäste trinken Tee, entsetzlich, sagt eine ältere Wienerin, die mit ihrem Mann nach Mallorca fliegt, und ißt ein Stück Linzer Torte, Terroristen müßten sofort an die Wand gestellt werden, stell dir vor, unser Abflug wäre nur ein bißchen früher gewesen. Aber es ist alles Schicksal, hab ich jetzt den Herd ausgeschaltet oder nicht, auf der Tafel mit den Abflugzeiten rückten alle Zielorte eine Stelle weiter, eine Bewegung wie kleine Wellen, Cairo, Rom, Rhodos, Los Angeles, damals die Nacht auf dem Flughafen Wien-Schwechat. Ich bin aus Kreta gekommen, ich war so müde und saß stundenlang im Café, bis die erste U-Bahn fuhr, meine Fußgelenke waren geschwollen, es hat grotesk ausgesehen, die Halle war voller Gelsen, die mir noch die Beine zerstachen, woher die Gelsen gekommen sind, von der Donau wahrscheinlich. Was habe ich denn damals für ein Buch gelesen im Café, ein Buch mit Sandkörnern zwischen den Seiten jedenfalls; sie bekam Hunger und ging ins McDonald's. Alle Bediensteten hatten goldene Pappkronen aufgesetzt, ein junger König stellte einen in Karton verpackten Hamburger, eine Tüte Pommes Frites und einen Plastikbecher mit Plastikdeckel auf ihr Tablett, sie fand einen freien Tisch, stellte das Tablett ab und begann zu essen. Eine rotgrüne Soße quoll bei jedem Biß aus der weichen Semmel, die Pommes Frites waren ungesalzen, sie ging zur Theke, um Salz zu holen, als sie zurückkam, hatte jemand drei Tabletts mit Essensresten auf ihren Tisch gestellt. Sie ließ sie stehen und aß weiter, man sieht nicht, was man trinkt, sie schaute ununterbrochen die Essensreste an, verschmiertes Ketchup, grüne Pommes Frites im verschütteten Cola, eine Königin machte die Tische sauber und leerte die Reste in einen großen Behälter, so viele Reste, und das ganze Plastik, das Styropor. Der Behälter frißt alles, er frißt und frißt, in allen McDonald's-Restaurants der Welt, ihr wurde schlecht, sie ging auf die Toilette, dort wurde ihr wieder besser. In der Toilette konnte man kleine Zahnbürsten mit kleinen Zahnpastatuben kaufen und sich die Haare fönen, eine kleine alte Frau fuhr mit einem Gepäckwagen, auf dem zwei riesige Koffer standen, in die Toilette hinein, schaute sich um und fuhr wieder hinaus, sie ging zur Paßkontrolle, zeigte den Paß vor und ließ ihre Handtasche durch die Kontrolle laufen, Gate 3 war am weitesten entfernt von allen Gates. Sie ging einen gewundenen, mit Teppichboden ausgelegten Gang entlang, nach dem Lärm in der Halle war es sehr leise, sie hörte ihre Schritte nicht, wo ist denn Gate 3, was will ich denn. Was soll ich denn in Wien, bei dem Mann, wenn der Gang so lang ist, wie weit soll ich denn noch gehen, die Füße tun mir weh. Ich habe Senk- und Spreizfüße und ein Überbein, sie erreichte Gate 3, wo schon viele warteten, wies ihr Ticket vor und ging zum Flugzeug, das nicht weit entfernt stand, quer über das weite Vorfeld auf ein Flugzeug zugehen, der schöne Vogel, ich fliege weit fort, in die warmen Länder. Willst du mit mir kommen, du kannst auf meinem Rücken sitzen, sagte der Vogel, binde dich mit einem Gürtel fest, dann fliegen wir fort, über die Berge, dorthin, wo die Sonne heller scheint, wo der Himmel höher ist und wo auf den Landstraßen Kinder mit bunten Schmetterlingen spielen; guten Tag, sagte die Crew, als sie das Flugzeug betrat. Sie fand gleich ihren Platz am Fenster, das Flugzeug startete, die Stewardeß atmet durch die Sauerstoffmaske, sie zeigt die gelbe Schwimmweste vor, das Flugzeug fliegt ruhig, die Zeit vergeht schnell, da unten ist schon irgendwo der Bruder, denkt sie, auf einem der großen grünen Rechtecke. Er läßt für sein Kind einen Drachen steigen, der rote Drache steigt immer höher, die Schnur wickelt sich um das Triebwerk, sie ist unzerreißbar, der Bruder holt die Schnur ein, was nützt mir die gelbe Schwimmweste, wenn ich über den Donauauen abstürze, ich möchte mit dem Knabenbruder durch die Millionen Schneeglöckchen gehen, die im Frühling dort blühen. Es werden echte Schneeglöckchen sein, nicht die Frühlingsknotenblumen, sie werden nicken und nicken, ich schaute durch das Fenster, in Wien wird die Sonne schwach sein, der Himmel niedrig und grau. Auf den Straßen knicken die Kinder Autoantennen ab, ich bin mit dem Bruder Konrad durch die Donauauen gegangen, die Schneckenhäuser krachten bei jedem Schritt, ich möchte einmal mit einem Schlauchboot die toten Arme abfahren, mit den Kindern, sagte er, einmal auf der kleinen Insel mit den Erlen übernachten, wenn sie gerade nicht überschwemmt ist, wir saßen auf einem Hochsitz und sahen durch den Zwischenraum in den Brettern einen Silberreiher im Wasser stehen. Der Zwischenraum kam mir vor wie ein Zielfernrohr, wir gingen auf Flußkieseln an der Donau entlang und fanden gelbliche Steine, die wie Knochen aussahen, auch einen kleinen rostbraunen Stein mit einem Fossilabdruck, einer winzigen vollständigen Muschel, die Schlepper fuhren langsam nach Ungarn. Das andere Ufer glich einem anderen Land, dabei war es Niederösterreich, das sind Robinien, sagte der Bruder, hörst du den Specht, die Nußbäume haben immer ganz unregelmäßige Kronen, ja, sagte ich. Darunter versammeln sich die Hexen, bevor sie auf den Blocksberg fliegen, einmal bin ich mit Jakob unter einem Nußbaum gelegen, das war schön, ich habe gern Walnüsse mit Zucker, die Wiesen waren voll kleiner grasgrüner Laubfrösche, die herumsprangen wie Heuschrecken. Der Bruder blieb stehen, drehte sich nach mir um mit einem traurigen Lächeln und wartete, bis ich ihn eingeholt hatte; während ich auf ihn zuging, tat mir das Lächeln weh, schau, das Springkraut, sagte er und berührte eine der länglichen Früchte mit Daumen und Zeigefinger knapp über dem Stengelende, sodaß sie aufplatzte und sich kräuselte. Die Samen wurden weggeschleudert, schau, das Springkraut, sagte ich zu Gottfried, und er drehte sich nach mir um mit einem ganz anderen Blick, schau, wie weit die Samen wegfliegen, das Lindenholz ist weich und weiß. Man kann gut damit schnitzen und drechseln, Lindenblütentee ist schweißtreibend und fiebersenkend, beruhigend und krampflösend, das alles sagte Gottfried nicht, er weiß es nicht, der Bruder Konrad hätte es gesagt, wenn ich mit ihm dort gegangen wäre. Aber dort ging ich mit Gottfried, der mir über das Buch *Der Liebhaber* von Marguerite Duras erzählte und davon, daß das Mädchen in dem Buch sich wegen ihrer Jugend und dem älteren Liebhaber in der Öffentlichkeit nicht blicken lassen durfte; wie lange wird es dauern, bis ich mich nicht mehr blicken lassen darf mit dir, viele Orte meiden wir schon jetzt, meine Familie, du weißt, wir waren aus der Stadt gekommen. Er war schlecht gefahren; als ich mit diesen anderen Frauen hier war, habe ich mich auch verirrt, sagte er, wir gingen auf einem Feldweg über die weite Wiese, in eingegrabenen Spuren. Die Sonne ging unter, ich mach ein Foto von dir, sagte ich, aber der Film war zu Ende, gut, sagte er, wenn ich ihn fotografieren wollte, drehte er sich immer weg. Ich habe viele Fotos, auf denen er mir den Rücken zukehrt, von der Wiese kamen wir in einen Auwald und gingen auf Holzstegen über die Flußarme, es war ein Lehrpfad, links und rechts waren bunte Abbildungen von Vögeln und Pflanzen, es ist so schön hier, sagte ich, und Gottfried schaute sich nach jedem der wenigen Spaziergänger und Radfahrer um. Es ist ihm unangenehm, wenn ich ihn im Freien berühre, wir gelangten an eine Mauer, davor stand ein Haus, wir kehrten um, der Bruder drehte sich nach mir um mit einem traurigen Blick. Gottfried drehte sich nach mir um mit einem anderen Blick, ein Unterschied im Blick, ein Unterschied im Gefühl, ich habe heute Spaghetti Carbonara gekocht, es ist vernünftiger als das Schreiben, wenn die Zerstörung der Wälder weiter fortschreitet, wird bald nur noch das Drucken von Kochbüchern gerechtfertigt sein. Wieder kam der Klavierprofessor aus Altaussee in die Küche, wie die Träume durch das Auftreten von Menschen aus Fleisch und Blut zerplatzen, ich aß die restlichen Trauben und ging angewidert.

Mir ist so kalt, ich weiß mir nicht zu helfen, die Kälte kriecht von der Körpermitte in die Finger und Zehen, ich habe das Gefühl, alles, was ich angreife, stecke ich mit meiner Kälte an. Schon wieder Herbst, sagt die Blonde. Wie werde ich den Winter überstehen, sage ich, wie werde ich den Winter überstehen, sagt sie, na mit den giftgrünen Schuhen, die du in Wien gekauft hast, womit denn sonst, sage ich, diese grünen Schuhe werden dahinstöckeln im Schnee. Zehn Zentimeter hoch sind die Absätze, das überragt die Schneemassen, die Schuhe werden vermutlich stehenbleiben im Schnee und sich zwei anderen Schuhen zuwenden, zwei glänzenden schwarzen. Sind es deine Schuhe Gottfried, ich sehe das nicht so genau, die Blonde kommt zur Tür herein und packt die giftgrünen Schuhe aus, schnell gleiten ihre Augen über alles, ich mag sie und ich mag sie nicht, also sie ist bezaubernd, sagt der Bekannte, unsere Kinder haben sie sofort ins Herz geschlossen, ein lieber Mensch, Kinder und Hunde haben einen Narren an ihr gefressen. Schau, was ich gekauft habe, sagt sie, sind sie nicht schön, es sind keine Schuhe, es ist ein Kunstwerk, ich habe sie in einem Schuhdiskont gefunden, zum halben Preis. Immer habe ich ein schlechtes Gewissen, wenn ich etwas für mich kaufe und nicht für meine Kinder, ich zeig dir Fotos von meinen Kindern, dann zeigst du mir Fotos von deinen Kindern, sagt die Blonde zu Gottfried. Meine Kinder sind blond, wie sind deine Kinder, die Mädchen hell, der Junge dunkel, sie sehen sich an und seufzen. Ach Kinder, ach Kinder, das ist das Schönste, ich sitze daneben, du Schlange, was hast du vor, tritt mir nicht ins Kreuz mit den hohen Absätzen, das Austauschen von Kinderfotos ist ein Ritual, das ich nicht verstehe. Ich habe keine Kinder und keine giftgrünen Schuhe, ich kann mit hohen Absätzen nicht gehen, nein, sage ich, ich will keine giftgrünen Schuhe, nein, sage ich, ich will keine Kinder, ich kann unmöglich in der Nacht aufstehen, während Gottfried und die Blonde das Lied von den Kindern singen, zische ich ihm ins linke Ohr, heute schlafe ich nicht mit dir. Die Blonde ist sinnlich, das sieht man gleich, sagt er, probier es doch, man kann sich da täuschen. Ich habe es erlebt, sinnliche Frauen mit hochhackigen Schuhen, das alte Lied, wir gehen zu mir, ich habe Vergeltung im Sinn, wir gehen durch die Sonnenstraße, die Bienengasse, hier hat der Andritzer Liebhaber immer sein Auto abgestellt, wenn er zu mir kam, in der Bienengasse, sage ich, in der Bienengasse. Ich sage es viermal, viermal dafür, daß du verheiratet bist, da schleudert Gottfried im Gehen die Bierflaschen, die er in der linken und rechten Hand trägt, zu Boden. Sie zerplatzen mit einem Knall, das Bier rinnt dunkel in ein Kanalgitter, er packt mich am Mantelkragen und drückt mich in einen Hauseingang, dann läuft er vor mir her, ich laufe ihm nach, ich will ihn einholen, ich werde ihn festhalten.

An den Knöpfen werde ich ihn festhalten, aber vor dem Girardihof reißt er sich los und läuft die Straßenbahnschienen entlang, einmal wird er in der Finsternis verschwinden, aber heute noch nicht, die Straßenbeleuchtung ist zu hell, ich kann ihn sehen, bis ich mich umdrehe und in die entgegengesetzte Richtung gehe, die Blonde spaziert mit den giftgrünen Schuhen in schwarzen Strümpfen in meinem Zimmer hin und her. Als Gottfried mich anruft, erzählt sie ihm von dem Kauf, irgendwann komme ich sie mir ansehen, hat er gesagt, sagt sie, ich werde die Schuhe fotografieren, sage ich. Die Blonde stellt einen Schuh auf den Boden, den zweiten läßt sie auf dem ersten balancieren, ich mache ein Foto mit einem Blitzlicht, auf dem Film ist vor dem Negativ mit den grünen Schuhen ein Negativ, das Gottfried mit bloßen Schultern zeigt, und danach eines von mir. Ich schaue genauer hin, habe ich einen großen blauen Fleck am Oberarm, Gottfried sieht immer so müde aus, sagt die Blonde, ja wenn du wüßtest warum. Vor kurzem traf ich mich mit ihm in einem anderen Land, beim Überqueren der Grenze schob ich dem Beamten hinter der Glasscheibe meinen Paß hin, er musterte sie lange, sein Gesicht überlagerte ihr Spiegelbild in der Scheibe, jetzt würde er sagen, treten Sie bitte aus der Reihe. Ein zweiter uniformierter Beamte würde sie leicht am Ellbogen fassen und in ein kleines Zimmer führen, wo der erste bereits stehen würde, es liegt etwas gegen Sie vor, sagte der erste Beamte, etwas Schwerwiegendes. Sie wissen sicher, worum es sich handelt, nein, das weiß ich nicht genau, sagte sie, eigentlich überhaupt nicht. Antworten Sie mit ja oder nein, sagte der zweite Beamte, nein, sagte sie, es wird Ihnen Beihilfe zum Ehebruch angelastet. Sie werden steckbrieflich gesucht, haben Sie sich nicht auf den Plakaten gesehen, von vorne und von der Seite, sagte der erste Beamte, nein, ich bin ja gerade erst gekommen, sagte sie, antworten Sie mit ja oder nein, sagte der zweite Beamte. Nein, sagte sie, Ihnen ist klar, daß Sie sich damit nach Paragraph 14 Absatz 5 der hiesigen Strafrechtsordnung eines Verbrechens schuldig machen, das mit Gefängnis bis zu fünfundzwanzig Jahren, in Ausnahmefällen mit lebenslanger Haft oder mit der Todesstrafe geahndet wird; aber Ehebruch ist doch kein Verbrechen, sagte sie. Antworten Sie mit ja oder nein, nein, sagte sie, wenn Sie sich sofort schuldig bekennen und den Ehebrecher mit Namen nennen, kann die Gefängnisstrafe in eine geringfügige Geldstrafe umgewandelt werden, wir wollen ehrlich zu Ihnen sein. Es geht uns um den Namen des Ehebrechers, denn wir vermuten, daß hinter der Sache viel mehr steckt, daß es sich um organisiertes Verbrechen im großen Stil handelt, wollen Sie uns nicht helfen. Es würde Ihnen vieles erleichtern, aber Ehebruch ist doch kein Verbrechen, jeder tut das, sagte sie, antworten Sie mit ja oder nein, nein, sagte sie. Dann müssen wir leider ein wenig nachhelfen, sagte der zweite Beamte, danke, gehen Sie weiter, sagte der Beamte hinter der Glasscheibe. Sie spazierte durch die Stadt; bis sie sich trafen, würde es noch zwei Stunden dauern, sie fuhr mit dem Lift auf einen Aussichtsturm. Als sie auf der Plattform stand, dachte sie, daß sie schon vor mehr als einem Jahr auf der Aussichtsplattform des Donauturms gestanden war und an Gottfried gedacht hatte, es hat sich nichts geändert. Nur daß ich jetzt weiß, daß es wichtig ist, damals war es auch schon wichtig, aber ich habe es nicht gewußt, sie verstand die Liebe nicht. Vielleicht gab es keine Liebe, nur Vögeln, alles andere ist Erinnerung an die Liebe, die es nicht gibt, Vorfreude auf sie. Up and down and all around / I've been lookin' for you, / In and out and all about / I've been reachin' for you; man ist auf der Suche nach der eigenen Sehnsucht, das ist Monate her, ich bin ja längst wieder in Graz, alles ist weg, dieser Aussichtsturm, der Donauturm, selbst die Terrasse auf dem Viale Bruno Buozzi, nur das Sofa mit der indianischen Decke ist da. Ich habe das Gefühl, das Sofa bleibt, aber mir ist kalt und draußen ist der Herbst, zuerst war es noch sonnig, ich bin mit dem Rad durch den Stadtpark gefahren. Die fallenden Kastanien haben mich um weniges verfehlt, jetzt ist es neblig, gestern bin ich mit dem Rad in einer Kurve auf nassen gelben Kastanienblättern ausgeglitten und gefallen, wie ist es im November in Panama. Im November ist es in Panama sonnig und warm, gelegentlich beeinflussen Störungszonen nach dem Abbau eines großräumigen Hochdruckgebietes den Wetterablauf, die Hauptstadt Panama liegt im Bereich einer sich aus Südwesten nähernden Warmfront, die bei geringfügigem Temperaturanstieg starke Bewölkungszunahme und später auch leichte Niederschläge mit sich bringt, vielleicht ist der November der schönste Monat in Panama, ich hätte nicht unter der Kälte zu leiden wie in Graz oder gegebenenfalls in Wien. Es kann ja vorkommen, daß einer einen zu Mittag anruft, während man gerade kocht, und sagt, sind wir eigentlich per du oder per Sie, ja, hm, ja, ich fall jetzt einfach mit der Tür ins Haus. Fährst du mit mir nach Panama, solche Vorkommnisse sollte man nie völlig ausschließen, da steht man am Telefon und das Essen brennt an, man begreift langsam, daß der Anruf ein Ereignis von Tragweite ist, die Freude breitet sich von irgendeinem Mittelpunkt in konzentrischen Kreisen aus wie als Folge eines Steinchens, das ins Wasser geworfen wurde, oder ist es ein großer Stein. Es zieht mir die Mundwinkel hoch, so eine Überraschung! rief das Komteßchen entzückt und klatschte in die Hände, Graf Altenburg hatte sie zur Landpartie im Einspänner eingeladen, bevor man sich zusammenhängend zu der Frage geäußert hat, sagt er, also überleg es dir. Ich ruf dich am Montag wieder an, man stellt sich wieder an den Herd, und langsam, während man mit dem Kochlöffel umrührt, kommen die Vorstellungen von Panama. Als erstes kommen Maiskörner, dann indianische Frauengesichter mit schwarzen Melonen auf dem Kopf, rote Stoffballen auf einem Wochenmarkt, ein quer über das weiße Hemd eines Revolutionärs verlaufender Patronengurt, dann merke ich, daß ich mit Vergnügen an die Andenbahn denke. Aber die Andenbahn ist doch gar nicht in Panama, sollte ich nicht bei der Sache bleiben, trotzdem fahre ich mit dem Mann in einem Zug über grüne Berge, die Landschaft sieht aus wie in einem Kinderbuch. Der

Zug ist im Verhältnis zu den Bergen viel zu groß, neben uns sitzt eine dicke Frau mit einem Käfig voller Hühner, dem Mann ist heiß, er ist schön, aber er hält nicht viel aus, ich bin die Stärkere. Auf Reisen bin ich meistens sehr belastbar, was mache ich mit dem Mann, wenn er in der Andenbahn einen Kreislaufkollaps erleidet, steige ich in der nächsten Station aus, die dicke Frau wird sich sicher um ihn kümmern. Sie wird ihn an ihre Brüste drücken, das Essen ist fertig und mein Entschluß steht fest, am Montag werde ich zu ihm sagen, entweder wir fahren mit der Andenbahn durch Peru oder ich fahre nicht mit, es schleichen sich Vorstellungen von Nächtigungen in Schlafsäcken in mein Gehirn. Was sollen solche Vorstellungen, man darf doch der Wirklichkeit nicht vorgreifen, Nächtigungen in Schlafsäcken in den Bergen, da liege ich mit fast kahlem Schädel, das sind doch Gary Cooper und Ingrid Bergman in Wem die Stunde schlägt, lächerlich. Dort oben ist es schon wieder kalt, ich kann hinfahren, wo ich will, der Kälte entgehe ich nicht, am Morgen kommt Gottfried und sieht uns im Schlafsack liegen. Er lächelt und sagt, warum solltest du denn nicht in den Anden sein und wie Ingrid Bergman mit Gary Cooper in einem Schlafsack liegen, wo es doch so kalt ist; bevor ich rufen kann, aber es ist doch nur ein Film, schießt er uns über den Haufen. Ich wußte ja, daß sein Gleichmut gespielt ist, der Film geht weiter, wir verbringen zwei Wochen in einem Krankenhaus in Lima, dann werden wir als geheilt entlassen, wir fliegen nach Hause, meine Eltern schütteln die Köpfe und sagen, das ist wieder typisch für sie. Wäre sie doch in den Anden geblieben, das Panorama dort ist ohnehin einmalig, nein, das sagen sie nicht, wo es ihnen doch am liebsten wäre, ich würde ein Grundstück in St. Ulrich kaufen, Benützen öffentlicher Verkehrsmittel auf eigene Gefahr, nicht hinauslehnen. Der Mann und ich als Reisegefährten, schlafend in einem peruanischen Autobus, sowas Schönes, hat der Mann blaue Augen, man sieht es nicht, sie sind geschlossen, ich würde mir ja gerne dich vorstellen Gottfried, dich mit mir in einem Zimmer im Süden, aber im Augenblick geht das nicht. Es ist zu kalt, ich sehe dich nur mit deinen Kindern auf einem Schlitten den Kahlenberg hinunterfahren, deine Frau läuft neben dem Schlitten her, ihr blondes Haar schwingt langsam auf und ab, paßt auf, daß euch nichts passiert, sagt sie. Wir müssen doch heute noch unsere nassen Kleider auf dem angenehm warmen Kachelofen trocknen lassen und uns dann alle um die trauliche Lampe setzen, heißen Kräutertee trinken und Adventlieder singen; das sind doch keine Perspektiven Gottfried, das mußt du zugeben. Da denk ich lieber an Peru, diese schönen Reisevorstellungen, der Mann und ich dringen auf einem Kanu ins Landesinnere vor, in den Regenwald, wir treffen Indianer, die noch nie einen Weißen gesehen haben, vielleicht bleiben wir im Regenwald, der tropische Tieflandregenwald ist immergrün. Das ganze Jahr lang ist es warm und feucht, nie ist es kalt, dort gibt es meist drei, oft fünf Baumstockwerke, viele Lianen und Schmarotzerpflanzen, der Mann wird sich mit einer Liane auf unser Baumhaus schwingen, wo ich in einem Bett aus großen Blättern auf ihn warte. Vielleicht bleiben wir dort Gottfried, wen wirst du schlagen, wenn ich nicht mehr in deiner Nähe bin, doch nicht deine Frau, die Gute, Teekochende, das kannst du nicht machen, Mütter schlägt man nicht, du wirst dir schon jemanden finden, laß mich noch ein bißchen bei den Vorstellungen. Sie machen mich glücklich, der Bruder Konrad steht auf einer Bühne hinter einem Synthesizer und einem Mikrofon, den Synthesizer habe ich ihm geschenkt, der Bruder trägt einen schwarzen Anzug, hat eine breite grünblau geblümte Krawatte umgebunden und macht die beste Rockmusik, die ich je gehört habe. Es ist Platz für etwa fünfhundert Leute im Saal, mehr wäre vulgär, das Konzert ist ausverkauft, seit Monaten werden die Eintrittskarten zu horrenden Preisen auf dem Schwarzmarkt gehandelt, der Bruder gibt Konzerte auf der ganzen Welt. Die guten Musikzeitschriften sprechen ehrfürchtig von ihm, er ist sehr reich, fährt nur mit Taxis und trägt die Geldscheine in Papierkuverts bei sich, die Qualität seiner CDs ist unerreicht, die besten Studiomusiker reißen sich darum, mit ihm zu arbeiten. Manchmal wird es ihm lästig, ständig erkannt und fotografiert zu werden, dann fährt er zwei Wochen mit mir auf die Alm, installiert eine Tonanlage vor der Almhütte und läßt seine Musik über die Matten schallen; bin ich froh, sagt er, endlich Ruhe, in Wirklichkeit hat er nur selten Rockmusik gemacht und im Sommer als Tellerwäscher in Bayern gearbeitet. Heute hat er geschickt mit drei Äpfeln jongliert, früher legte er sich auf mein Sofa, sagte, ich habe keine

Power und spielte mir Zappa vor. Ich bin hier und du bist mein Sofa, alles passiert in meiner Wohnung, in meinem Zimmer, man muß das synchron betrachten, da stehen und gehen und sitzen und liegen sie alle herum, der Bruder Konrad, der Andritzer Liebhaber, Gottfried und so viele andere, die Mutter, der Vater, die Schwägerin, Andreas. Es ist interessant, die Lebenszeit zusammenzuschieben wie einen bunten, ziehharmonikaförmigen Lampion, den man am Aschermittwoch wieder als flache Scheibe in die Lade zurücklegt; wenn man die flache Scheibe von oben betrachtet, sieht man alle Ereignisse und Personen gleichzeitig. So legt man die Erinnerung in die Lade zurück, im Grunde spielt sich alles auf einer zeitlichen Ebene ab, das ist vernünftig, Zeit ist eine Illusion, der Bruder Konrad jongliert auf derselben Stelle mit den drei Äpfeln. Die Blonde steht mit den grünen Schuhen auf derselben Stelle, wo Gottfried und ich die Bettdecke ausbreiteten. Kannst du dich erinnern, wie wir die Decke ausgebreitet haben, schreibt Gottfried, und was wir auf dieser Decke gemacht haben, ja, ich erinnere mich, seufzte der kranke alte Mann in Polanskis Film, nachdem Sydne Rome auf seine Bitte ihren Slip ausgezogen hatte, auf sein Bett gestiegen war und sich in ihrem Kleid mit gegrätschten Beinen direkt über sein Gesicht gestellt hatte; natürlich ist das ein Buch über Sex. Was haben Sie denn geglaubt, kennen Sie etwas Wichtigeres als Sex, abgesehen von Tod und Macht; an deiner Stelle würde ich mich schämen, sagt die Mutter, diese Männergeschichten, ich schäme mich aber nicht, liebe Mutter. Many lovers have come und gone, singt Joan Armatrading, warum sollte ich mich schämen, das wäre doch völlig unsinnig, dafür lebt man doch, darauf ist man stolz, oder nicht, some were handsome, but none were plain / My good fortune, I suppose, was bin ich, Jäger und Sammler vielleicht, was haben wir auf der Bettdecke gemacht. Haben wir darauf geträumt, was für ein Traum war es, hast du mich in diesem Traum mit Füßen getreten, könnte es so gewesen sein, er saß in einem Stuhl. Ich kniete vor ihm und hatte seine Beine umfaßt, ich hätte den Andritzer Liebhaber nicht erwähnen sollen, da stieß er mich von sich, sodaß ich auf dem Boden lag, und trat mich mit Füßen, in die linke Seite, ins Kreuz. Es tat nicht weh, weil es so überraschend kam, weißt du nichts anderes zu erzählen, sagte er, weiß im Gesicht, er hat ja recht. Ich schlug nach ihm, hau ab, rief ich und riß die Tür auf, es war spät und wir waren betrunken, er ging und drückte vor dem Haus auf meine Klingel. Als ich nicht öffnete, rief er mich aus der Telefonzelle auf der gegenüberliegenden Straßenseite an, weißt du nichts anderes zu erzählen, sagte er im Hörer, ich öffnete. Er ging im Zimmer auf und ab, ich legte mich auf das Sofa, ich bin so müde, sagte ich, weißt du nichts anderes zu erzählen, sagte er. Du hast ja recht, ich sah das zarte Weinglas, das mir der Bruder Konrad geschenkt hat und das schön klingt, wenn man es mit dem Fingernagel anrührt, zwischen uns stehen, es ist zart, aber es zerbricht nicht leicht.Es ist sehr elastisch, das Zarte zwischen dem Bruder und mir, das Zarte zwischen Gottfried und mir, ich öffnete, wir begannen einander zu streicheln und stöhnten und vögelten. So ist das mit der Gewalt, ich öffnete mich, du provozierst mich, sagt Gottfried und ist immer noch weiß, dann schlag mich halt, wenn du meinst. Wenn du mich nur nicht eines Tages erschlägst, mein hoher Herr, das kann passieren, man nennt es Affekt, ein lateinisches Wort, laut Lexikon ist es teils gleichbedeutend mit Leidenschaft, teils wird es als nur vorübergehend wirkender seelischer Zustand verstanden, ein intensiver, als Reaktion entstandener Erregungszustand des Gefühls, der mit einer Minderung der Urteilskraft bis zur Ausschaltung jeder Kritik und Einsicht einhergeht, ich öffne, du schlägst mich. Du öffnest mich, ist das Nähe, kann schon sein, kann schon sein, Herr Diplompsychologe, wissen Sie Näheres darüber, der Herr Pfarrer hält sich schon die Ohren zu. Was nicht zum Traum gehört, Gottfried kommt mit einem Blumenstrauß, er ist weiß, er ist übernächtig. Er hat Ringe unter den Augen, ich mag deine Ringe so, sie sind wie Verwundungen; die Blumen sind so schön, sage ich und stecke meine Nase hinein, viele kleine rosa Rosen, Schleierkraut und Schwertlilien. Von diesen rosa Rosen habe ich doch vor kurzem geträumt, der Traum, ich bin in einem finsteren Haus, in einem finsteren Zimmer, ich bin einsam, ich fürchte mich. Ich lege mich in ein Bett und schlafe ein, ich wache auf, es ist heller, ich liege in einem Ehebett, neben mir liegt Gottfried, mit weißen, schneeweißen blütenweißen Haaren, er wendet sich mir lächelnd zu und stülpt ein feines

Geflecht aus kleinen rosa Rosen über mich, wie wenn es ein Hut oder ein Schleier wäre. Will er mich beschützen, werden wir glücklich sein, wenn wir alt sind, ein schöner Gedanke, sagt Gottfried, was aber ist die Finsternis dazwischen, ein hundertjähriger Schlaf, ein Hinabtauchen in den See, alles findet in einem Zimmer zur selben Zeit statt, soviel ist sicher. Mit meinem Bruder Konrad zog ich in die Wohnung ein, es war schön, wir richteten sie ein wie Eheleute, wir kauften eine Bettdecke, die Verkäuferin hielt uns für ein Paar, der Vater machte uns eine Tischplatte, wir strichen die Platte und die vier unbequemen Sessel goldgelb an. Ein Kühlschrank stand vor der Tür, ein Geschenk, der Vater hatte sich ein Stockwerk höher versteckt, er ist manchmal schalkhaft, Gottfried schaute das Foto von meinem Vater an und sagte, der gefällt mir, du flirtest mit deinem eigenen Bruder, sagte die Freundin. Ja darf man denn das, man kann doch nicht mit seinem eigenen Bruder flirten, das ist so gut wie Inzest, sollte man mit dem eigenen Bruder überhaupt eine Wohnung beziehen, aber ja, meine leibeigene Schwester, sagte der Bruder immer, unsere Freunde kamen in die Wohnung, lauter Brüder. Wir saßen um einen Tisch und tranken Tee, trotzdem ist der Unterschied zur vorhin geschilderten Familienidylle groß gewesen, eine andere Idylle, trügerisch wie alle, Earl Grey und James Taylor, und einer spielte den Blues auf der zwölfsaitigen Gitarre und fuhr mit einem Kaffeehäferl über die Saiten, ich verbrühte einen der Freunde mit kochend heißem Teewasser, es tat ihm sehr weh, er zog die Jeans aus und legte sich in die mit kaltem Wasser gefüllte Badewanne. Einer hatte ein Glasauge, und wenn er sich Gehör verschaffen wollte, nahm er es aus der Augenhöhle und klopfte damit auf seinen Ring, manchmal kochte ich dem Bruder einen Kakao, einmal strickte ich ihm aus einer sehr dicken weißen Wolle eine Jacke, sag was, sagte der Bruder ärgerlich, als ich sie mit grünen Nadeln strickte und mich darauf konzentrierte. Die Jacke wurde später immer länger, aber ich hatte es doch gut gemeint, du warst dominierend, sagt der Bruder und weint, aber ich habe es doch gut gemeint, sage ich und weine, du warst hart und streng, sage ich zur Mutter und weine. Aber ich habe es doch gut gemeint, sagt sie und weint, alle meinen wir es gut, wenn wir einander töten, ihr mit euren Teetrögen, sagte der Mann, der von weither gekommen war, um den Ring aus Brüdern zu durchbrechen, und stellte seinen Koffer in die Mitte meines Zimmers. Dein Bruder mit seinem Morgenmantel, ich sah es nicht gern, daß er den Koffer abstellte, was wird der Bruder sagen, als sie mit dem Bruder in die Wohnung einzog, füllten sie den Rahmen der Tür, die sein und ihr Zimmer verband, mit Dämmwolle aus und nagelten ein Brett darüber. Es dämpfte den Schall, aber immer, wenn sie damals mit dem Mann vögelte, dachte sie, der Bruder hört mich, sie hörte ihn selten. Beim Frühstück saßen sie zu viert um den goldgelben Tisch, der Bruder im weinroten Morgenmantel, der Goldhamster schlüpfte in den Ärmel und schaute aus dem Halsausschnitt heraus, einmal hatte sie den Mann tagsüber bei sich gehabt und ihr Zimmer versperrt. Der Bruder hatte in ihr Zimmer kommen wollen und die Tür verschlossen gefunden, sie hatte seine Umrisse hinter der Milchglastür gesehen. Ihre Erregung war gewichen, Metze, hatte der Bruder oft im Spaß zu ihr gesagt, ein sizilianischer Bruder, schwarz gekleidet, der die Unschuld der Schwester überwacht und ihre Entjungferung rächt. Er tritt die Milchglasscheibe ein und steht im Zimmer, zieht ihnen die Decke weg und kastriert den Mann mit einem Messer, das Blut schießt hervor, das Leintuch hat rote Flecken, die Schwester läuft damit nackt auf den Balkon, der Bruder versperrt die Balkontür. Unter dem Balkon versammeln sich immer mehr Leute und schauen hinauf, schaut her, ruft die Schwester, hier, der Beweis, ich war Jungfrau, Gottfried hat ein Buch über Geschwisterkonstellationen und lacht. Du bist eine typische ältere Schwester, hör einmal, solange ihr die Lebensaufgabe erhalten bleibt, die Sorge um den Bruder, kann sie wenig erschüttern, nicht einmal der Tod der Eltern. Nur der Verlust des Bruders oder später eines guten Freundes oder eines eigenen Sohnes kann ihr ernstliche Schwierigkeiten bereiten, was sagst du dazu, das stimmt doch, der günstigste Partner wäre der jüngste Bruder von Schwestern, aber das bist du ja nicht Gottfried. Solltest du nicht der günstigste Partner sein, Inzest, lateinisch incestus, unrein, frevelhaft, blutschänderisch, sexuelle Beziehungen zwischen Geschwistern, bei Naturvölkern ist das Inzesttabu offenbar nicht biologisch definiert, zum Beispiel erstreckt es sich auf Angehörige desselben Totems, ist also sozial bestimmt. Im

Herrscherhaus des alten Ägypten durften Bruder und Schwester heiraten, mein Vater ist jedenfalls nicht mein Typ, es stimmt, daß Bruder für mich das schönste Wort ist. Was bist denn du Gottfried, ein altkluges Einzelkind, ich höre die Abendmaschine aus Wien dröhnen, mit der du vor zwei Wochen gekommen bist, hol mich mit dem Taxi ab, hast du gesagt, trag deinen schwarzen Ledermantel und nichts darunter, wir erfüllen alle Ihre Sonderwünsche. Aber mein schwarzer Ledermantel hat nur zwei Knöpfe, sagte sie, kaufte sich selbsthaftende schwarze Strümpfe und stellte sich vor den Spiegel, in der Wartehalle des Flughafens bewegte sie sich vorsichtig unter all den Leuten, damit der Mantel nicht zu weit auseinanderfiel. Durch die opake Scheibe erkannte sie seinen Gang, im Hotel ließ sie den Mantel weit auseinanderklaffen, du bist schön, sagte Gottfried leise, sie bekam keine Luft, als sie ihn ansah, nur berühren, riechen, gleich berühre ich dich. Ich berühre dich jetzt, das Ohnmachtsgefühl, ihre Lippen schwollen an, als er sie zu küssen anfing, sie wurde naß, schob ihm den Finger mit ihrer Feuchtigkeit in den Mund. Brunst, althochdeutsch brunst, Brand, Glut, bei Säugetieren hormonell und nervös gesteuerter Zustand geschlechtlicher Erregbarkeit und Paarungsbereitschaft, ich zerfalle ja, ich hasse dich dafür, daß du mir das antust. Ich brauche dich dazu, dreh dich auf den Bauch, sagte sie und streichelte ihn so lange, bis er ihr seinen Arsch entgegendrückte und laut zu seufzen begann, dreh dich um, sagte sie, er drehte sich auf den Rücken. Sie setzte sich auf sein steifes Glied, jetzt fick ich dich, er hielt still und wandte den Kopf langsam von einer Seite auf die andere, gib dich hin. Gib dich jetzt hin, du, sie setzte von neuem an, weil sie aus dem Rhythmus gekommen war und schaute in sein Gesicht, sah die Hingabe, den zurückgelegten Kopf. Ich will es dir ja gut machen. Gleich kommst du, ja komm doch, er versteifte sich und stöhnte laut, sie legte sich auf ihn und weinte, daß man das zusammen machen kann, du und ich. Daß sich das machen läßt, daß es so ist, daß es geht, ich fahr auf diese Schauspielerin ab, hatte er gesagt. Ja, mir gefällt sie auch, so bleich, klassisch, schwarzäugig, so ein großer Mund, mach mich nicht auch so verrückt und krank, aber ich werde dich nicht erschießen aus so großer Nähe. Das verspreche ich dir, ich will dir noch näher kommen, sagt Gottfried, noch viel näher, Sucht, die durch den Mißbrauch von Rauschgiften zustandegekommene zwanghafte psychische und physische Abhängigkeit, die zu schweren gesundheitlichen Schäden führen kann. Ist die Sexualität ein Rauschgift, die Pupillen weiten sich, auf dem Berg, hoch über St. Ulrich, liegen zwei Bauernhöfe untereinander, dort hat sich etwas zugetragen, der junge verheiratete Bauer des einen Hofes und die junge verheiratete Bäuerin des anderen Hofes taten sich zusammen. Das dauerte, bis sie eines Tages einen Scheiterhaufen aus Brennholz schlichteten und sich darauf legten, der junge verheiratete Bauer erschoß erst die junge verheiratete Bäuerin und dann sich selbst, vorher schon hatte er den Holzstoß mit Benzin übergossen und in Brand gesteckt, es brannte nieder, die armen Kinder, sagte meine Großtante. So eine Tragödie, ich war beim Begräbnis, wir sind ja mit ihnen verwandt, ich kenne die zwei Bauernhöfe mit den Stallungen, den Katzen, den Birnbäumen, den Astern und dem Abhang zwischen ihnen. St. Ulrich, der viele Schnee im Winter, man geht zwischen weißen Wänden als Kind, auf einem weißen Boden, eine kalte Geborgenheit, der Großvater steht auf einer Leiter und pflückt die Kirschen, veredelt die Obstbäume. Schneeglöckchen stehen am Bach, ein sumpfiger Boden, um die Schuhe sammelt sich das Wasser, der Vogelkirschenbaum in der Ecke des Gartens, die Hühner, die Ziege, der Zwerghahn, der einem ins Gesicht fliegt, das Maisfeld. Es raschelt, wenn man sich darin versteckt, und immer der See, das Kind fährt mit einem roten Dreirad um das Dorf herum, es ist ein früher Nachmittag im Hochsommer, ganz still, nur das Dreirad quietscht, während das Kind langsam in die Pedale tritt, zuerst ist es ängstlich, weil es noch nie so weit gefahren ist. Dann vergißt es darauf, daß es noch nie so weit gefahren ist, am Lenkrad hängt ein kleines blaues Plastikkübelchen, in dem eine gelbe Schaufel ist, die Räder knirschen auf dem Weg. Das Kind fährt den Weg über dem See entlang und bleibt neben einem Rübenfeld stehen, es steigt ab, geht ins Feld hinein, hockt sich hin und schaut in die lappenartigen Blätter, es sieht mehrere Marienkäfer, die darauf kriechen und nimmt vorsichtig einen zwischen Daumen und Zeigefinger. Als das Kind das Krabbeln spürt, läßt es den Käfer fallen, dann schaut es unter die Blätter und sieht den violetten, abgerundeten oberen Teil der Rüben, es geht zum Dreirad zurück, holt das Kübelchen und die Schaufel und versucht, eine große Rübe auszugraben, was nicht gelingt, dann packt es eine kleine Rübe am Kraut und zieht fest an. Es hört und spürt, wie die feinen Wurzeln der Rübe reißen, dann fällt es zurück und sitzt mit der weißvioletten, erdbehängten Rübe in der Hand im Feld, es beißt von der Rübe ab und spuckt das Stück wieder aus. Dann legt es die Rübe in das Kübelchen und geht wieder zum Dreirad, es fährt langsam weiter, ihm ist heiß, es spürt die Hitze durch die feinen Haare auf seinem Hinterkopf, es fährt um eine Kurve, wo der Weg ein wenig abschüssig wird, und fällt mit dem Dreirad um. Es weint, weil es sich den Handballen aufgeschürft hat und braucht lange, um aufzustehen und das Dreirad aufzustellen. Während dieser Anstrengung hört es zu weinen auf, es dreht um, schiebt das Dreirad das kleine Stück hinauf, setzt sich darauf und fährt den Weg zurück, den es gekommen ist. Als es an einer Wiese vorbeikommt, bleibt es stehen und geht in die Wiese hinein, in der das Gras und die Blumen ungemäht stehen, das Kind ist kaum höher als die Halme. Es legt Handrücken an Handrücken und teilt mit Schwimmbewegungen das Gras vor sich, an seinen Füßen ist das Gras kühl, und es spürt ein Kitzeln und Kribbeln an den Beinen und Armen, es sucht einen rotgrünen Sauerampfer, weil es weiß, daß man diese Pflanze essen kann. Es findet ihn, reißt ihn mit der Wurzel aus und ißt den Stengel, der säuerlich und holzig schmeckt, dann pflückt es eine Margerite und reißt ihr langsam und methodisch alle Blütenblätter aus, worauf es den Rest wegwirft. Es bemerkt, daß der schwärzlich-grüne Stengel einer lila Pflanze klebt, sucht nach weiteren solchen Stengeln und freut sich, als es wieder klebt, es sieht einen roten Käfer, nimmt ihn in die Hand und riecht daran. Der Käfer riecht schlecht, und es läßt ihn fallen, es riecht an der Hand, und die Hand riecht schlecht, dann steht das Kind vor einer Pflanze mit einem hellbraunen Fruchtknoten, und ihm fällt ein, daß man ihm gezeigt hat, wie es knallt, wenn man diesen Knoten auf dem Handrücken zerplatzen läßt. Es reißt einen Fruchtknoten mit Daumen, Zeigefinger und Mittelfinger aus und versucht, ihn zum Platzen zu bringen, das Kind macht es nicht richtig, es spannt die Faust nicht genug, hält den Fruchtknoten zu fest und führt die Bewegung mit der anderen Hand nicht schnell genug aus. Wieder und wieder bemüht sich das Kind, aber es knallt nicht, es wird wütend und beginnt zu schreien und im Gras herumzutrampeln, dann fällt ihm die Mutter ein, es hört zu schreien auf und beschließt, Blumen zu pflücken. Es reißt Glockenblumen und Rispengras und Margeriten und Schafgarben und Pechnelken und Sauerampfer aus, voll Eifer, denn es weiß, daß es damit rechnen kann, daß die Mutter sich über seine Sträuße freut, es umschließt die Stengel fest mit der Faust und arbeitet sich durch das Gras, das am Hals kitzelt, bis zum Weg zurück. Mit der krampfhaft geschlossenen Faust fährt es weiter, bis die Faust innen so heiß wird, daß das Kind sie öffnet und die Blumen auf den Weg fallen läßt, es schaut kurz auf die kreuz und quer im Staub herumliegenden Blumen, fährt mit dem Dreirad ein paarmal darüber, wobei es sich bemüht, möglichst viele Blumen zu überrollen, und setzt den Heimweg fort, jemand kommt ihm von weitem entgegen und wird schnell größer. Es ist die Mutter, was fällt dir ein, so weit wegzufahren, ein Auto hätte dich überfahren können, und wie du aussiehst, sagt die Mutter, befeuchtet den Schürzenzipfel mit ihrer Spucke und fährt dem Kind damit um den erdverschmierten Mund, so fest, daß sein Kopf zurückgebogen wird. Das Kind mag die grobe Berührung und die Spucke der Mutter nicht und fängt zornig an zu weinen, da komm ich her, wo kommst du denn her Gottfried, sag es mir, was ich nicht weiß, macht mich heiß. Ich möchte alles von allen wissen, die ich kenne, du kannst doch nicht hereinschneien und sagen, da bin ich, wo ist denn deine Vergangenheit, ich kenn ja deinen Boden nicht. Bodenlos bist du, sag mir, zeig mir alles, was war, bis zurück zu deiner letzten Inkarnation, wo du meinen Informationen nach in Sumatra gelebt hast als Juwelier, als schüchterner Mensch. Wo war ich denn damals, die zauberkundige Freundin trinkt einen Schluck Rotwein, blättert, addiert und subtrahiert und malt Zeichen auf das Papier, in Peru warst du, sagt sie dann, du hast Zelte für den Medizinmann gebaut, schon wieder Peru. You are the magician, steht auf einem Blatt; ob ich tatsächlich nach Peru fahren werde, steht auf einem anderen Blatt, aber wo kommst du her Gottfried, ich stamme mütterlicherseits von den Vandalen ab, sagt er. Das glaube ich gern, in Mittelschlesien habt ihr gehaust, du brandschatzender Vandale, mach dich über mich her, aber in Liebe, ich kann mir auch vorstellen, daß ich aus dem arabischen Raum komme, sagt er, ja, ich auch. Du reitest auf einem braunen Pferd mit silbernem Zaumzeug durch die Wüste mit einem Krummsäbel an der Seite, dein Gesicht ist verhüllt bis auf die Augen. Du bist Vater von vierundneunzig Kindern, warum kann ich nicht mit zwei Frauen leben, eine große Wohnung, zwei liebe Frauen, ein Haufen Kinder, sinnt er. Grundsätzlich hätte ich nichts dagegen, könnte ich das demnächst mit deiner Frau besprechen, guten Tag, ich bin die Geliebte Ihres Mannes, könnten wir ihn uns nicht auch offiziell teilen. Ich hasse Heimlichkeiten, sollte sie keine prinzipiellen Einwände haben, packe ich meine Koffer und komme; was steht der Erfüllung dieses langgehegten Wunsches entgegen, doch nur eine kleinbürgerliche Moral. Und über die müßten deine Frau und ich doch erhaben sein, oder nicht, wo kommst du her Gottfried, du knallst in mein Leben, du zeigst mir ein Foto, auf dem du neunzehn oder zwanzig bist. Ich schaue es an, das Herz klopft mir, da ist plötzlich die Vergangenheit, ein schmales kantiges Gesicht, ein Mund, der an den Rändern übergeht, so ein Mund, solche Augen, damals hätte ich die Finger von dir lassen wollen, um dich nicht zu verletzen. Aber ich hätte sie dann doch nicht von dir lassen können und wäre von dir verletzt worden, wieviel muß geschehen sein und was, daß du heute ein anderes Gesicht hast, wer hat darin herumgeknetet und dich so müde gemacht, ich hab an mir gearbeitet, sagst du. Ich bin froh, daß ich nicht mehr so aussehe, sie hat mich damals gerettet, sagst du, und das zu hören tut weh. Laß dir nicht einreden, daß man dich gerettet hat, damit haben sie dich in der Hand, die Retter sind die Erpresser, du gehörst ihnen. Woher kommst du, ich bin mit dem Zug durch die Gegend gefahren, wo du aufgewachsen bist, eine grüne Gegend, hügelig, ich hatte mir eine flache Heide vorgestellt und dich auf ihr, du gehst bei Regen und Wind zu einer Telefonzelle, kilometerweit nur die Heide, die Straße und die Telefonzelle. Du stehst mit anderen Jugendlichen auf der Heide, alle verletzbar und geil, ihr wollt nichts als vögeln, wißt aber nicht wie, ich brauche einen Hintergrund für dich. Steh nicht so im Leeren, wo ist ein Hintergrund, ich darf ihn nicht erfinden, es würde mich quälen. Ich kenne das, nein, schnell in die jüngste Vergangenheit, in den August zu dir und mir, das bietet einen handfesten Hintergrund für uns beide, der nicht erfunden ist, eine Gloriole förmlich, barocke Strahlen gehen von uns aus. Wir lagen im Park, in der Sonne, in Liegestühlen, auf einer Wiese mit vielen anderen Leuten wie in England, ich rückte meinen Stuhl nahe an deinen. Wir waren beide wie in einem warmen Fruchtwasser, ich konnte dich riechen und spüren in der Sommersonnengelbheit, ich sah Details von dir aus großer Nähe, da war die Zeit wieder eine Illusion, denn das findet immer noch statt, unser Nebeneinander auf den beiden Liegestühlen unter den vielen Leuten. Wir wunderten uns, daß Hühner im Park herumspazierten, ein Hahn, dein Glied wurde steif in der Sonne unter deiner weiten Hose, wir murmelten. Ich schaute an mir und an dir hinunter, an meiner neuen weißen Bluse und den leichten Stiefeln, du sahst so glücklich aus, sagst du, das muß ich wohl gewesen sein unter den Leuten und Hühnern, die Stühle kippten manchmal nach hinten. Vielleicht sind wir von dort nie weggegangen, wir brachten es nicht fertig aufzustehen, seit Monaten sitzen wir dort Tag und Nacht, der Parkwächter hat sich schon an uns gewöhnt, bei Vollmond ist es nicht leicht einzuschlafen. Der Hahn pickt uns die Augen aus, es waren keine Sterne, dann fuhren sie mit dem Boot auf dem Teich, sie sahen ein kleines Mädchen mit einem Unhold in einem anderen Boot, es war wie in Japan, der Teich war viel zu klein für ihr Boot. Einmal schaute er sie beim Rudern an, und sein Lächeln gefror, würde er jetzt das Ruder übernehmen, das Boot unter die hängenden Zweige einer Weide gleiten lassen und ihr Gesicht dort unter Wasser drükken, bis keine Blasen mehr aufstiegen. Aber nein, aber nein, sprach sie, wir ruderten im Kreis, bis die bezahlte Zeit um war, der Tag im Park war aber ganz anders, Glück ist unbeschreiblich, so ein Glück, so ein Pech. Einmal war ich bei einer Silvesterfeier auf einem Berg in Tirol, es war laut, alle waren betrunken, ein paar Minuten vor zwölf fand ich einen Zettel auf dem Boden, er war in Kinderschrift mit dem Wort Pech vollgeschrieben, Goldmarie und Pechmarie. Marienkäfer flieg, der Gottfried ist im Ehekrieg, der Gottfried ist auf flachem Land, das flache Land ist abgebrannt mitsamt dem Stephansturm, Glück und Glas, so leicht. Warum zerbreche ich so viele Gläser beim Abwaschen, weil ich so schlecht sehe, weil ich so grob bin, ich habe keine glückliche Hand für Glas, einmal bin ich in eine Glaswand hineingelaufen. Ich hatte geglaubt, es sei eine Glastür, das zarte Glas vom Bruder Konrad behandle ich mit Vorsicht, schöne Karten, viel Glück, sagt die dicke Frau Anzinger, schlägt die Hände zusammen und lacht mich an. Die Traurigkeit hat ein Ende, schauen Sie, da kommt ein neuer Mann, Sie werden noch vergehen vor Glück, der Bernhardiner stößt die Tür zum Zimmer auf, in dem ich ihr gegenübersitze, zwischen uns das Kartenbild. Bleib draußen, wissen Sie, er haart so, sie schlägt eine Karte auf, da, schon wieder, die glückliche Veränderung, wenn nur das Finanzamt nicht wäre. Ich muß so hohe Steuern zahlen für das Wahrsagen, schau, ein Glücksklee, sagt die Freundin, sie hat ein scharfes Auge und findet beim Spazierengehen meist gleich mehrere, magst du eins, sagt sie. Manche sind eben Glückspilze, schau, ein Glücksklee, sage ich zum Bruder Konrad und halte ihm ein Vierklee entgegen, aber er merkt, daß es ein dreiblättriges Kleeblatt ist, dem ich ein Blatt von einem anderen dreiblättrigen Kleeblatt unterschoben habe, ich möchte, daß du glücklich bist, sagt Gottfried. Aber zu zweit ist das so schwierig, am leichtesten fällt es mir, wenn ich allein bin, wenn mich niemand ablenkt, wenn ich mich darauf konzentrieren kann. Die Mitmenschen wirken sich auf das Glücksempfinden störend aus; wenn ich an dich denke, bin ich glücklich, wenn du da bist, schon weniger, ich bin eben kein Sonntagskind, knapp daneben, ein Samstagskind, Saturntagskind. Anfang Juli 1972 war ich meines Wissens einen Tag lang glücklich, da fuhr ich von Nottingham mit dem Autobus auf gut Glück nach Bournemouth, um mir einen Job in einem Hotel zu suchen, ich hatte einen Koffer und fünfzehn Pfund Sterling. In Bournemouth ließ ich den Koffer in der Gepäcksaufbewahrung und kaufte mir ein billiges schwarzweiß gestreiftes Kleid, das ich gleich anzog, dann ging ich zum Friseur. Danach sah ich aus wie eine Krankenschwester, ich spazierte zu den am Meer gelegenen Hotels und fragte um Arbeit, in einer kleinen Familienpension fand ich Aufnahme, obwohl ich keine Arbeitsgenehmigung besaß. Da war ich auf dem Glücksrad ganz oben, wo bin ich jetzt, welche Position nahm ich auf dem von Fortuna so unzuverlässig betriebenen Glücksrad beispielsweise zu der Zeit ein, als der Andritzer Liebhaber mich montags und donnerstags besuchte, nachdem er sein Auto in der Bienengasse abgestellt hatte. Von Rechts wegen müßte ich mich mit einem so potenten Liebhaber von so hohem sozialen Rang doch gleichfalls in bester Glücksradposition befunden haben, der Andritzer Liebhaber war ganz unzweifelhaft eine Stütze der Gesellschaft, ein Mann, der keine Zeit zu verlieren hatte und sie auch nicht verlor, er kam zur Tür herein, drückte mir Blumen in die Hand und begann mich auszuziehen. Nach dem Vögeln, das etwa fünf Minuten später beendet war, berichtete er von seinen beruflichen Errungenschaften und Plänen, in der letzten Sitzung habe ich unmißverständlich darauf hingewiesen, daß ich für eine Steuerreform mit Quellsteuer auf Kapitalerträge bin / selbstverständlich lege ich Nachdruck auf Strukturfragen wie flexible Arbeitszeit / es sieht so aus, als müßten zur Deckung des Defizits die allgemeinen Krankenkassenbeiträge um ein halbes Prozent erhöht werden / dazwischen steckte er mir nochmals sein Glied hinein und hatte nach einer halben Minute einen Orgasmus / du mußt dir vorstellen, neunhundertvierundfünfzig Millionen für die Pensionsversicherung / aber Kindchen, ich kann doch keiner Privatisierung von dreihundert Millionen des Aktienkapitals zustimmen / mein Vorschlag zur Verwendung von Ersatzgelenkköpfen aus hochwertigen Metalllegierungen fand uneingeschränkte Zustimmung / jetzt muß ich leider gehen, darf ich kurz anrufen / jedenfalls sehe ich im Umweltschutz-Marketing große Möglichkeiten für die Zukunft, hast du irgendwo meine Unterhose gesehen / da habe ich zum Direktor gesagt, daß der abnehmbare Kompendiumbalgen durchaus seine Vorteile hat, weil die Halterung dadurch auch als echtes Trickvorsatzgerät zu verwenden ist / also dann bis Donnerstag, ruf mich bitte nicht an, du weißt ja. Bevor er die Wohnungstür schloß, sagte er noch, heute abend geht es wieder einmal um das technische Knowhow, immer dasselbe. Tschüs, schön wars, aber das ist doch alles gelogen, der Andritzer Liebhaber war rücksichtsvoll im Benehmen, zärtlich im Umgang und angenehm in der Ausdrucksweise. Ich weiß gar nicht, warum Gottfried ihn haßt, der Andritzer Liebhaber liebt seine Mutter, die eine einfache Frau ist, er unterstützt seine beiden armen Schwestern durch regelmäßige Geldzuwendungen, aber Gottfried beeindruckt das nicht, immer wieder ist der Andritzer Liebhaber Anlaß zu Wutanfällen, wie zum Beispiel voriges Jahr in Wien, der Wiener Vorfall ist mir nicht mehr genau in Erinnerung. Vielleicht hat meine Phantasie inzwischen den Wiener Vorfall ausgeschmückt, vielleicht auch nicht, wer weiß, wir besuchten eine ambulante Vorstellung eines Theaters, die Zuschauer wurden in einem Autobus von Schauplatz zu Schauplatz gefahren. Wir hatten keinen Platz mehr gefunden und fuhren in Gottfrieds Wagen hinterher, die Schauspieler trugen Helme, Reifröcke, Schiebermützen, Federboas, Jogginganzüge, die Schauplätze waren unter anderem eine S-Bahn-Station, ein schöner Hinterhof zwischen hohen alten Häusern, wo wir nebeneinander saßen und der pantomimischen Entfremdung eines Paares zusahen, nach der Vorstellung fuhren wir durch die Stadt. Es war geradezu harmonisch, ich bin so hungrig, gehen wir in ein italienisches Restaurant und essen was Gutes, sagte Gottfried. Es war der letzte Abend, seine Frau war mit den Kindern ein paar Tage bei einer Freundin im Waldviertel gewesen, plötzlich sagte ich, bald hat der Andritzer Liebhaber Geburtstag, ich werde für ihn kochen, willst du die Speisenfolge wissen, er sagte nichts. An einer Ampel blieb er stehen und schlug mir mit der Hand von der Seite ins Gesicht, er traf meine Wange, das Jochbein hätte brechen können. Es brach nicht, ich versuchte ihn zu beschwichtigen, da schlug er nochmals zu, zielte aber nicht auf das Gesicht, als er an der nächsten Ampel hielt, holte er wieder aus. Spinnst du, sagte ich und stieg aus, er fuhr weiter, ich wußte nicht, wo ich war, es war ein Uhr nachts, ich lief ein paar Straßen entlang, an einer U-Bahn-Station, an einem stehenden Polizeiauto vorbei. Ich sah ein Taxi, stieg ein und ließ mich zum Hotel fahren, dort lag auf den Kopfkissen der beiden Betten je ein Zellophanpäckchen mit bunten Gummibärchen, ein Geschenk des Hauses. Ich setzte mich auf das eine Bett und trank einen Schnaps, ist das jetzt das Ende, so geht das nicht, was ist eigentlich los, das Telefon läutete, nachdem das passiert ist, gibt es keine Möglichkeit mehr. Es ist sinnlos, das Telefon läutete wieder, laß mich in Ruhe, ich heb nicht ab, wir haben genug, so saß ich, bis das Telefon nochmals läutete, laß mich, ich hob ab. Ich hab sechs Bier getrunken, warum hast du das gesagt, am letzten Abend, sagte Gottfried, es war doch so schön, es war wie ein Messer, was machen wir jetzt. Wie konntest du das tun, sagte ich, jetzt geht es nicht mehr weiter, was sollen wir, ich will dich sehen, sagte er, ich dich auch, sagte ich. Um drei Uhr kam er ins Hotel und zahlte den Aufpreis für das zweite Bett im als Einbettzimmer vermieteten Zweibettzimmer, ich müßte lügen, wenn ich an dieser Stelle behauptete, er hätte mich für den Rest der Nacht nicht glücklich gemacht.

Was heißt hier glücklich, die Gummibärchen habe ich erst in Graz gegessen, eines, ein oranges, ist unter das Sofa gerutscht und liegt wahrscheinlich noch dort, zusammen mit verstaubten Erdnüssen, Kugelschreibern und Münzen, auf dem Sofa sitze ich wie immer, habe die indianische Decke über den Knien. Nicht wegen der Kälte, sondern aus Gewohnheit, ich bin wie eine Fledermaus, deren Ultraschallmeßgerät ausgefallen ist und die immer wieder gegen Hindernisse fliegt, die sie nicht sieht, eine unangenehm leichte Fledermaus, die den Menschen in die Haare gerät. Flitzende Fledermausgedanken habe ich im Kopf, es war einmal ein Mann, der kam von links, es war einmal eine Frau, die kam von rechts, sie trafen sich in einem Zimmer mit einem rosa Sofa, verursachten den Urknall und begründeten eine Familie, deren Mitglieder sich später gegenseitig ausrotteten, schon stecke ich knöcheltief im Neuen Jahr, im wärmsten Winter seit Jahrzehnten. Die Rettungsautos fahren bei diesen Temperaturen ununterbrochen mit Blaulicht in Richtung Landeskrankenhaus, bin ich noch zu retten Gottfried, wir kennen uns immer noch, wir lassen immer noch nicht locker, wir haben uns geschlagen, wir haben uns getroffen, in Wien und anderswo, hier aber seufzen alle und sterben dahin in dieser Wärme. Hingegen war der vorige Winter der kälteste seit Jahrzehnten, die Stadt wurde immer stiller und versank im Schnee, die weiße Haube auf dem Vogelhäuschen auf meinem Balkon war viel höher als das Vogelhäuschen selbst, die Leute gingen von einem Schneeberg am Straßenrand zum nächsten und suchten ihre Autos. Manchmal sah man einen Scheinwerfer wie einen Einäugigen aus dem Schnee schauen, man glitt mit Langlaufschiern durch die Straßen bis zum Arbeitsplatz, Gottfried, laß nicht zu, daß es mich einschneit, grab mich aus und reib mir die Hände, bis sie wieder etwas fühlen, bleib mein Thema, zusammen mit dem Ort, wo die Lust und die Liebe sich verheddern wie Wollfäden, mit denen eine Katze spielt, eine große Katze, die unvermittelt auftaucht und verschwindet, wobei ihr Grinsen das erste ist, was auftaucht, und das letzte, was verschwindet, warum treffen Gottfried und der Bruder nirgends aufeinander. Einmal hätte es sich fast ergeben, im Panigl in Wien, aber ich kann sie schließlich nicht zwingen, einander kennenzulernen, vielleicht kommt es noch dazu, wer weiß, Gottfried ist nie da. Ich saß in Wien in einem Hotelklo und weinte, weil Gottfried nicht bei mir war, sondern sich mit seiner Frau im Musikverein Smetanas Moldau anhörte, ich hatte nicht einmal mehr ein Hotelzimmer, um darin zu weinen, da es bereits gekündigt war, die Tränen rannen auf den Terrazzoboden und vereinigten sich zu einem hurtigen Bächlein, zu einem klaren Bach, zu einem reißenden Fluß, zu einem mächtigen Strom, zu einem endlosen Meer. Und Gottfried und seine Frau standen ergriffen auf und klatschten, und seine Frau wischte sich eine Träne fort und sagte, wie erhebend, es gibt auch begabte Böhmen, ich schaue gerade aus dem Fenster auf ein hohes Haus, über dem langsam der lange Arm eines Krans mit der Aufschrift E. Franz auftaucht, wie ein Schiff; warum wird mir zugemutet, in einer Welt zu leben, die mir nicht angemessen ist. Wie angegossen sollte sie sitzen, um die Hüften, unter den Armen, an den Schultern, leider war sie mir von Anfang an zu eng, vor kurzem fuhr ich mit dem Zug an einer Stiege vorüber, die mich aus meinen Gedanken aufschreckte. Über diese Stiege lief ich acht Jahre lang fast jeden Morgen um sechs Uhr vierzig, um den Zug zu erreichen, mit dem ich in die Stadt fuhr, wo ich zur Schule ging, meist lief mein Bruder Konrad vor oder hinter oder neben mir her. Er fuhr auch zur Schule, oft war es noch dunkel, und wir liefen an Bretterstapeln vorbei und über Geleise, der plötzliche Anblick dieser Stiege nach so vielen Jahren. Da ist also der kleine Bruder Konrad wieder, mit der auf- und niederhüpfenden Schultasche auf dem Rücken, der Frühzug fährt schon ein, Träume vom Versäumen von Zügen, der Bruder Konrad und ich laufen zum Zug, da fällt mir ein, daß ich etwas Wichtiges zu Hause vergessen habe. Ich laufe über die Geleise zurück, als ich zurückkomme, fährt der Zug schon, ich versuche auf das Trittbrett zu springen, der Bruder sitzt im Zug, paß auf den Bruder auf, sagte die Mutter. Geh mit dem Bruder in die Kirche, sagte die Mutter am Sonntag, und der Bruder und ich gingen Hand in Hand durch die Frauengasse bis zur Kirche mit dem Zwiebelturm, schön angezogen in Dunkelblau und Weiß, so hübsche Kinder, so große braune Augen, sagten die Leute und deuteten auf den Bruder im dunkelblauen Anzug und auf die Schwester mit dem blauweißen Kleid, der weißen Wollstrumpfhose und den blauen Lackschuhen; bei seiner Konfirmation verbeugte sich der Bruder vor dem Altar und trug die Auslegung der Gebote vor. Die Schwester dagegen sagte auswendig her, an wen Paulus seine Briefe gerichtet hatte, Bruder und Schwester lagen abends in einem Bett und beteten laut, müde bin ich, geh zur Ruh, schließe meine Äuglein zu, während ihre knochigen Glieder aneinanderstießen. Das Geschwisterpaar mit den großen Augen, manchmal fühlt die Schwester sich um ihre Kindheit betrogen, vielleicht wird sie das zarte klingende Glas noch zerschlagen, das ihr der Bruder geschenkt hat; ich habe dem Bruder Konrad viele Briefe aus vielen Städten geschrieben, auch im kalten letzten Winter. Ich habe oft an ihn gedacht; sie überquert die Straße, dabei muß sie über zwei Berge aus graubraunem Schneematsch steigen, die an beiden Straßenrändern zwischen dem Gehsteig und der Fahrbahn aufgehäuft sind, auf den Straßenbahnschienen rutscht sie aus und fällt fast hin. Sie trägt Stiefel mit harten Kunststoffsohlen, auf denen man leicht ausgleitet, sie fühlt ihre Zehen in den Stiefeln nicht, die kalten Hände ohne Handschuhe hat sie in den großen Taschen ihres langen schwarzen Mantels zu Fäusten geballt, ihr Rücken ist gekrümmt, sie hat den Hals eingezogen und das Gesicht bis zur Nase im schwarzen Wollschal vergraben, der mehrmals um ihren Hals gewunden ist. Der Wind bläst ihr die Haare aus dem Gesicht, die Haut über den Jochbeinen und der Stirn spannt, die Ohrenspitzen schmerzen; obwohl ein schneidender Wind weht, trägt sie keine Kopfbedeckung, sie geht die Treppe zur U-Bahn hinunter. Es ist eine Station in einem Vorort, sie hat keine Karte und geht einfach durch die Absperrung, Leute kommen ihr entgegen, sie geht ein Stück den Schacht entlang, dann steht sie auf dem Bahnsteig neben den Geleisen. An der gekachelten Wand gegenüber sieht sie fünf gleiche Plakate, auf denen Samuel Beckett abgebildet ist, das Plakat ist in Brauntönen gehalten, in weißen Buchstaben steht darauf SAMUEL BECKETT BRUCHSTÜCKE, Becketts Kopf ist schräg nach links geneigt. Die grauen Haare sind kurz und nach hinten gekämmt, der Hals ist faltig, er trägt ein dunkelbraunes Sakko und ein dunkelbraunes, bis oben zugeknöpftes Hemd, er sitzt auf einem unbequemen Stuhl, auf seinen Knien liegt eine hellbraune Aktentasche, darauf ein aufgeschlagenes Buch, die Augen sieht man nicht. Sie sind hinter kleinen runden dunklen Brillengläsern versteckt, sie wird versuchen, das Plakat zu bekommen, die einfahrende U-Bahn verdeckt die Plakate, sie steigt ein und setzt sich einem Mann gegenüber, die Hände stecken immer noch in ihren Manteltaschen, der Mann ist jung und bleich und blauäugig. Er trägt eine Pelzmütze mit Ohrenklappen, nie könnte ich mich in einen Mann mit einer solchen Pelzmütze verlieben, da würde mir alles vergehen, denkt sie und lächelt den Mann an. Der Mann lächelt nicht zurück und wendet den Blick ab, sie schaut ihm weiter ins Gesicht, bis sich eine Frau in einem Lodenmantel neben den Mann setzt, die Frau ist stark geschminkt, ihre Haare sind unter einem Hut mit einem Gamsbart verborgen, sie nimmt ein Heft aus ihrer Handtasche und schlägt es auf. Man kann den Umschlag sehen, Schwester Angelika kämpft um ihr Glück, steht darauf, unter der Schrift sind zwei Köpfe, ein blonder Frauenkopf mit einem Krankenschwesternhäubchen und ein dem Frauenkopf zugeneigter Arztkopf mit einem Stethoskop um den Hals, im Hintergrund ist noch ein Kopf zu sehen, ein brünetter Frauenkopf mit gerunzelter Stirn, langsam füllt sich die U-Bahn. Neben der Tür stehen zwei schwarzhaarige Männer mit Lederjacken und unterhalten sich in einer fremden Sprache, wahrscheinlich Perser, denkt sie, die zwei Männer lachen laut auf, eine dicke Frau setzt sich neben sie und drängt sie ans Fenster. Die dicke Frau hat lange wirre dunkle Haare mit aufgehellten Spitzen und ein Stirnband aus Goldlamé, um ihre Schultern liegt ein großes rosa Tuch, ihr Mantel hat ein Leopardenfellmuster, ihre Schuhe auch, die Frau schlägt eine Zeitung auf. Ihr linkes Handgelenk umschließt ein breiter rosa Armreifen, die Fingernägel sind violett lackiert, Märchen endet vor dem Richter, steht in der Zeitung, das Wetter, Schneeschauer im Norden, Sonne im Süden. Millionenstreit entzweit konservatives Lager, Traumfigur aus der Spraydose, allmählich wird die U-Bahn leerer, zum Schluß sitzt nur noch ein Halbwüchsiger im Wagen, er ist schmächtig und hat in einem Ohr einen großen Ohrring, er schaut mit einem starren Blick aus dem Fenster, drei Stationen vor dem Ende der Linie steigt sie aus. Sie geht schnell die Treppe hinauf, auf dem senkrechten Teil jeder Stufe steht ein Werbespruch für eine Zigarettenmarke, sie geht ein Stück geradeaus und dann wieder eine Treppe hinunter. Nun steht sie auf dem gegenüberliegenden Bahnsteig und wartet auf eine U-Bahn, die dieselbe Strecke wieder zurückfährt, ein alter Mann liegt quer über einer Reihe von orangen Schalensesseln, vor ihm stehen zwei volle Plastiksäcke und eine leere Flasche, über dem Mann hängen Plakate, neben einer Sektflasche und zwei

Sektflöten steht, Trocken, Aus ausgesuchten Jahrgangsweinen. In einer Badewanne sitzt eine schöne Frau mit aufgestecktem Haar, die ihre nasse Schulter berührt, Selbst trockene Haut wird spürbar zarter, das Badewasser ist blau, auf einem Klappsessel neben der Wanne liegt ein türkises Handtuch, ein blauer Geländewagen mit einer Münchener Autonummer steht auf Schnee vor einem weißen Bergabhang. Daneben steht eine lachende Frau mit einem roten Schianzug, einem roten Stirnband und weißen Schiern auf der Schulter, eine zweite lachende Frau mit einem gelben Schianzug, einem blauen Schal und blauen Handschuhen. Der Pisten-Crack, eine Frau mit einem eleganten breitkrempigen schwarzen Hut, der ihr Gesicht bis auf den roten Mund und das weiche Kinn verdeckt, hält eine weiße Teetasse mit Goldrankenmuster in der Hand, über die ein weißer Spitzenhandschuh gestreift ist, Für Teekenner, der alte Mann rührt sich nicht.Er schläft, ein U-Bahn-Zug fährt ein, sie schiebt die Tür zur Seite und steigt ein, sie setzt sich nicht hin, sondern stellt sich neben ein Paar, das still dasteht. Der Mann hat die Arme um die Frau geschlungen, die Frau drückt ihr Gesicht in seinen dicken Pullover, der Mann stützt das Kinn auf den Kopf der Frau, zwei Frauen unterhalten sich, manchmal versteht sie etwas von dem, was sie sagen, Seitdem fühle ich mich wie neugeboren, Er hat ja keine Ahnung, was alles kostet, Obwohl ich nie ein Wort gesagt habe, ein Junge mit einem Walkman steht ihr gegenüber und wiegt den Kopf hin und her, die U-Bahn ist jetzt ziemlich voll. Sie spürt, wie jemand ihr im

Gedränge von hinten die Hand auf die rechte Hüfte legt und sich gleichzeitig fest an sie drückt, sie sieht sich nicht um und rührt sich nicht, sie liest ein Schild an der Wand. Informationsschau des Roten Kreuzes, Erste Hilfe, Blut spenden, Blutdruckmessen, Autoapotheke, Katastrophenschutzeinrichtungen, Fahrten mit einem Rettungswagen, erst als sie etwas später aussteigt, sieht sie den Mann an, der hinter ihr gestanden ist. Er hat einen Schnurrbart und schütteres Haar und trägt in der linken Hand einen Aktenkoffer, der Mann schaut ihr ins Gesicht, er steigt nicht aus, sie fährt mit vielen anderen eine Rolltreppe hinauf, stellt sich auf die rechte Seite der Rolltreppe, legt eine Hand auf das Geländer und merkt, daß ihre Hand sich immer weiter von ihr entfernt, da das Geländer sich eine Spur schneller bewegt als die Stufen. Ein Mann in einem hellgrünen Trenchcoat drängt sich an ihr vorbei und tritt ihr dabei auf den Fuß, sie geht einen langen gekachelten Gang entlang, an einer Biegung steht ein Japaner in einem grünen Parka mit Handschuhen ohne Finger und spielt auf einer Querflöte, das Flötenetui liegt aufgeklappt vor ihm. Münzen glänzen auf dem roten Samt, sie schaut die Plakate an, die zu beiden Seiten an den Wänden kleben, eine Frau mit einem Kopftuch und einem langen Kleid zieht mit offenem Mund einen Karren, ein Auto fährt durch eine Wüste, über die sich blauer Himmel spannt. Ein Mann mit langen schwarzen Haaren und einem losen weißen Hemd sitzt an einer Harfe, der Gang mündet in einer großen U-Bahn-Passage, sie geht in eine Tabak-Trafik und kauft einen Notizblock, einen Bic-Kugelschreiber, ein Kuvert und eine Briefmarke, dann setzt sie sich an einen kleinen Tisch in einer Imbißstube der Passage und beginnt zu schreiben. Lieber Konrad, schreibt sie, oder schreibt sie, lieber Gottfried, das ist die Frage, mit denen, die man liebt, nur brieflich verkehren, so könnte man sie lange lieben, mich in meiner Wohnung einschließen und nur noch Briefe schreiben und telefonieren, ich sitze da und sehe zu, wie das Fleisch auf meinen Oberschenkeln immer weicher wird, wie meine Augenbrauen nachwachsen. Ich schließe mich in meiner Wohnung ein, schlinge das Essen hinunter und betrinke mich mit Rotwein, Gottfried, du fällst mir schwer, ich befinde mich in der Endphase des Winters und lasse mich gehen, keine Tote bin ich. Aber eine Scheintote, ich werde alt, man sieht es an immer mehr kleinen Anzeichen, ich bin faul und lasse mir einen Bauch wachsen, ich habe es satt, immer neue Anläufe zu nehmen. Die Frauen, die ängstlich auf die Erhaltung ihrer schlanken Figur bedacht sind, gehen mir auf die Nerven, man wird sie dennoch betrügen, seit Monaten habe ich in meiner Wohnung weder gekehrt noch aufgewaschen, abgestaubt, ausgeschüttelt, ausgeklopft, als erster Erfolg stellen sich Mehlwürmer ein, die sich zu zarten, über der Staubschicht fliegenden Mehlmotten entpuppen, ich bin wie gelähmt. Ich stelle mich tot, damit keiner auf die Idee kommt, daß ich am Leben bin, und mich umbringt; werde ich mich mit offiziellem Frühlingsbeginn prächtig entpuppen wie die Mehlwürmer, werde ich mich erheben wie der Vogel Phönix aus der Asche, unmöglich ist gar nichts. Was für ein Gefieder hat der Vogel Phönix, ein schillerndes, der Frühling wird heuer am zwanzigsten März um zehn Uhr neununddreißig beginnen, bekränzt und graziös werde ich aus meiner Wohnung treten und Frau Christa T, die Hausbesorgerin, freundlich grüßen. Waren Sie auf Urlaub, wird sie mich fragen, Sie haben eine so gute Farbe, meine Verehrung, lange nicht gesehen, wird der Nachbar sagen und den Hut ziehen, was kann einen von den Scheintoten auferwecken, der Frühlingsbeginn mit Vogelgezwitscher, wie wird dieser Frühling sein. Werde ich nach Malta fahren, als Entschädigung für die Reise nach Panama, die nicht stattgefunden hat, vielleicht war das mein Glück, womöglich wären wir gleich nach unserer Ankunft in der Hauptstadt von Bewohnern der Elendsviertel ausgeraubt und erschlagen oder von Nachfahren der Ureinwohner in einen Hinterhalt gelockt, zu einem Tempel geschleppt, auf einen Altar gelegt und der Sonne geopfert worden, dampfende Herzen im Sonnenschein. Du hast mich geöffnet, sagte Gottfried, ich möchte mit einem Mann nach Panama fahren, hatte ich am Telefon zu ihm gesagt, er hatte geantwortet, das ist die größte Unverschämtheit, die du dir je erlaubt hast, dann fahr doch du mit mir nach Panama, hatte ich gesagt. Ein paar Tage später hatte ich den Reiseplan aufgegeben, einen vergeblichen Versuch, nach Malta zu reisen, machte ich zu Silvester, ich fuhr mit dem Zug nach Ljubljana, um dort das Flugzeug zu besteigen, Srećno 1988, las ich überall, die Silvesternacht verbrachte ich in einem Zimmer im achten Stock eines

Hotels, von zehn bis zwölf steigerte ich mich beim Schreiben eines Briefes an Gottfried in eine Begierde hinein, die mit dem Glockenläuten und den Böllerschüssen um Mitternacht ihren Abschluß und Höhepunkt fand, danach schlief ich sehr gut, früh am Morgen des ersten Januar fuhr ich mit dem Bus durch die dunkle Stadt. Auf den Straßen waren viele Leute, die die ganze Nacht durchgefeiert hatten; der Abflug verzögerte sich, da über Belgrad dichter Nebel lag, dichter Nebel liegt über dem Neuen Jahr, eine Slowenin, die nach Sydney flog, wo sie seit zwanzig Jahren lebte, sprach mich an. Travelling is the only thing worthwhile, sagte sie, otherwise it's just work and trouble; sie erzählte, eine Zigeunerin habe ihr als Kind prophezeit, sie würde ihr Land verlassen, she said a lot of things and all she said came true, sagte sie traurig, ihr Gesicht war weiß und müde. Sie sei anläßlich des Todes ihrer Mutter nach Ljubljana gekommen, ihren Mantel habe sie sich für das Begräbnis gekauft, sei er nicht schön, das einzig Lohnenswerte sind die Reisen. Ja, vor allem die Kopfreisen, von Ljubljana fuhr ich nach Hause zurück, ohne in Malta gewesen zu sein, die Frau Anzinger schlug die Karten auf, der Zeitpunkt ist nicht günstig, die Reise wird nicht stattfinden, soll ich im Frühling eine zweite Reise wagen oder das Kopfbild behalten, das ich von der Insel habe. Malta, formidable Festung, Rastplatz der Zugvögel, Insel der merkwürdigen Ortsnamen und Megalithklötze, sieht Malta vom Flugzeug am Ende aus wie ein Korallenatoll, in Malta soll es noch Kavaliere geben, die einer Frau das Gefühl schenken, daß sie eine Frau ist, man spricht englisch. Man trinkt Tee, der maltesische Kavalier sitzt mir gegenüber und spreizt den kleinen Finger, während er die Tasse zum Mund führt, nie würde er mich zu Geschmacklosigkeiten überreden, ein echter Malteser Ritter, Beschützer von Witwen und Waisen, gleichzeitig ehemaliger Verteidiger der maltesischen Fußballnationalmannschaft, wir sitzen im ersten Hotel der Stadt. Er trägt eine gestreifte Krawatte und einen schwarzen Blazer mit Messingknöpfen und dem Staatswappen, das ist ja alles schön und gut, denke ich, komm, sage ich und werfe die durchscheinende Teetasse an die Wand, gehen wir auf mein Zimmer. Begeh doch endlich ein Foul an mir, es wird Zeit, daß ihr euch des hemmenden britischen Einflusses entledigt, lieber erhänge ich mich an meiner Krawatte, als daß ich die Lage einer schutzlosen Frau ausnütze, sagt der Verteidiger und steht empört auf, haben Sie noch nie etwas von Fair Play gehört. Die betrüblichen Spätfolgen des Kolonialismus, denke ich und sehe, wie sein breiter Rücken sich von mir entfernt, du wärst nicht so ritterlich Gottfried, einmal wirst du mit mir auf eine Insel fliegen, von oben schon wird man die Krater der vielen noch tätigen Vulkane erkennen können, wir landen auf einer Hochebene. Es ist heiß, weil die Vulkane Feuer speien, es grollt und zischt, wir gehen eine sanfte Steigung hinauf zum größten Krater der Insel, auf halber Höhe sitzt ein alter Bauer auf einem großen Bimsstein. Ich und meine Ziege Miranda sind die letzten, sagt er, alle anderen sind längst von Lava bedeckt, von Gesteinsbrocken erschlagen oder auf das Festland ausgewandert. Ich bin noch hier, weil meine Ziege Miranda nur das Gras frißt, das auf diesem fruchtbaren vulkanischen Boden wächst, das war mein Haus, sagt er und deutet auf einen auf einem Felsen stehenden blauen Balkon, der letzte Vulkanausbruch hat es zerstört, nun wohne ich in einer Laubhütte. Kommen Sie mit, sagt er und zieht uns weg, ich zeige Ihnen meine Tochter, die das schönste Mädchen der Insel war, leider hat die Lava sie an ihrem achtzehnten Geburtstag beim Milchholen überrascht, unter einer erstarrten durchsichtigen Schmelzdecke liegt ein Mädchen mit einer Haut weiß wie Schnee, Lippen rot wie Blut und Haaren schwarz wie Ebenholz, die Augen sind geschlossen. Ihre rechte Hand umschließt den Henkel einer emaillierten Milchkanne, wie schön, wie traurig, ruft Gottfried aus, seine Tränen fallen auf die Lava, die sofort zu schmelzen beginnt, das Milchmädchen schlägt die Augen auf, sein Blick fällt auf Gottfried, augenblicklich verfallen sie einander für immer, langsam steht sie auf, die schwarzen Haarflechten fallen ihr über die Schultern. In der Milchkanne ist noch etwas Ziegenmilch, Gottfried läßt meine Hand los und ergreift die des Milchmädchens, du hast mich erlöst, sagt sie, du mich auch, sagt er, der alte Bauer gibt ihnen seinen Segen, sie gehen zum blauen Balkon, um den herum inzwischen auf wunderbare Weise wieder das Bauernhaus entstanden ist. Hier werden wir wohnen und jeden Abend vor dem Schlafengehen eine Schale warme Ziegenmilch trinken, beschließen sie, die Lava wird sich links und rechts am Haus vorbeiwälzen, doch nicht über uns, die Steine werden aus dem Krater geschleudert werden, aber nicht auf uns fallen, wir werden uns das Schauspiel der Vulkanausbrüche aus nächster Nähe ansehen können, und es wird uns nichts geschehen, Marianne, sagt Gottfried, denn so heißt das Milchmädchen. Und was wird aus mir, frage ich, wir wollten doch gemeinsam die Tiefe des Kraters ergründen, ach du bist auch noch da, sagt Gottfried, wenn du willst, kannst du hierbleiben und den alten Bauern heiraten: da ging sie barfuß über die glühende Lavadecke zum Krater hinauf und stürzte sich in den kochenden Lavasee, liebe Großmutter, könntest du mich nur besser sehen, ist mir gelungen, was dir nie gelungen ist. Aber Großmutter, warum hast du so große Augen: weil ich gesehen habe, was du mit dem Nachbarsbuben im Geräteschuppen gemacht hast, sagt sie und melkt die Ziege. Geh zum Bauern und hol zwei Liter Most, ja, sage ich und nehme die emaillierte Milchkanne, denn ich trinke den verdünnten Most gern, Most, ein Labsal für Vierjährige, ich schließe die Augen und sehe mich über den Hang zum Bauern hinuntergehen. Ich tauche in mich hinab und entrolle den Poster mit dem Anwesen des Bauern, den spielenden Kindern, durch die Wiese zieht sich die Kurve der Radspuren des Traktors, bis zum Scheunentor, auf der Wiese liegen getrocknete Kuhfladen, Maulwurfshügel, ich bin zurückversetzt bis zu den Gerüchen in der großen Küche des Bauern, dem Geruch nach Milch und Brot. Das macht Wangen rot, die Wangen des kleinen Mädchens sind rot vom Frost im letzten Winter, deine zarte Haut, sagt Gottfried, so weich, die Fliegen auf dem Milchbottich, die blitzende Umrandung des Herdes, einen Most, sage ich, gebe der Bäuerin die Milchkanne und laufe ins Freie, hin zur Mostpresse, wo der Bauernbub steht, zum gärenden Geruch der faulenden kleinen Äpfel und Birnen. Mit bloßen Füßen steige ich auf die weichen gelben und braunen Birnen, der kühle Matsch des Fruchtfleisches quillt zwischen meinen Zehen hervor, schau, sage ich zum Bauernbuben und blicke auf meine Füße hinunter, paß auf die Wespen auf, sagt der Bauernbub, ja, sage ich, der hat ja keine Ahnung, denke ich. Der ist in der ersten Klasse durchgefallen, hier bleibe ich nicht, denke ich, hier sind mir alle zu langsam, später gehe ich in die Stadt, da sind vielleicht schnellere Leute, rund um das Bauernhaus verlief ein Holzbalkon. Da spielten wir barfuß Fangen und zogen uns Splitter ein, ich lief schnell und leicht, das Holz roch in der Hitze, damals lebte ich viel mit den Füßen, trat überall hin, auf den dunklen Lehmboden im Stall, in das spitze Stroh, in das feuchte Gras, auf den kalten Steinboden im Haus, in die grünliche Kuhscheiße mit den großen blauen Fliegen, in das warme Schweineblut. Mit den Fußsohlen fühlte ich am meisten, ich stellte mich unter den großen Pferdebauch im Stall, geh weg vom Pferd, sagte der alte Knecht mit dem Kropf, hob mich auf und setzte mich auf einen glatten Holzbalken, ich streichelte die trockene helle Mähne des Pferdes, der kropfige Knecht war selbst schon wie ein dürres Pferd, über den Hang rief die Mutter meinen Namen. Ich lief den Hang hinauf, rutschte aus und fiel in den Dreck, sie zog mir die schmutzigen Kleider aus und schlug mich, da haßte ich sie, der Haß mischt sich unter die Liebe wie die Mohnblumen und Kornblumen in die Weizenfelder. Von weitem sieht das Unkraut schön und farbig aus, der Haß ist farbig, er ist eine Annäherung wie die Liebe, man kann sich an ihn gewöhnen, man kann ihn nicht mehr missen wollen: wenn die Liebe fehlt, ist der Haß besser als gar nichts, das dachte ich, als ich drei Tage in einem Krankenhausbett lag, neben einer Frau aus Admont, die oft mit dem Rücken zu mir dasaß, dem Fensterkreuz zugewandt, mit hängenden Schultern, und festzustellen versuchte, ob die draußen in Scharen vorbeifliegenden Vögel Amseln oder Stare waren. Sie fragte mich um meine Meinung, eher wohl Stare, sagte ich, aber sicher war ich nicht, ihr schmaler Rücken unter dem glänzenden Schlafrock mit dem blauroten Paisleymuster vor dem Fensterkreuz war wie eine Buchillustration. Sie stand vor dem Spiegel, strich sich über das Haar und sagte lächelnd, nach der Brustoperation sind mir wegen der Medikamente alle Haare ausgefallen, sie waren schon weiß, und jetzt sind sie mir wieder nachgewachsen, so schön dunkel; während dieses Krankenhausaufenthalts wurde mir wieder einmal meine Vorliebe für Vollnarkosen klar. Kurz vor dem Schwinden des Bewußtseins erschien mir Gottfrieds Astralleib, er kam zur Tür herein, zog sich aus, legte sich neben mich ins Bett und begann mich zu streicheln, es ist merkwürdig, von einem Astralleib gestreichelt zu werden, man sieht die zärtlichen Hände und spürt sie nicht, den schönen Mund und spürt ihn nicht. Gottfried, seit

Monaten bist du nichts als mein Astralleib, bis April halte ich es vielleicht noch aus, aber länger nicht, dann möchte ich, daß du dich endlich wieder auf mich senkst, aber nicht im Geiste, sondern im Fleische. Es wird Zeit, daß du mich beschwerst mit deinen zweiundsiebzig Kilogramm, mich plattdrückst wie eine Flunder, ohne dich bin ich vor zwei Wochen nach Istanbul gereist, die daraus entstehende Depression versuchte ich im Gewürzbasar durch den Kauf von Haselnüssen, Pistazien und getrockneten Marillen sowie durch einen Anruf vom Hauptpostamt aus einzudämmen, flieg zu mir Gottfried, flüsterte ich in der Zelle, auf den Schwingen der Liebe. Vor vielen Jahren ging ich über die Stufen des Hauptpostamtes in Istanbul, um am Poste-restante-Schalter ein Telegramm aus Malmö in Empfang zu nehmen, in dem mir bescheinigt wurde, man würde mich für immer lieben; trotz dieser schriftlichen Bestätigung liebtest du mich nur ein, zwei Jahre, Andreas. Wen wundert also mein Argwohn gegenüber dem gedruckten Wort, Schwarz auf Weiß hatte ich die Liebe, später dann hatte ich es Schwarz auf Weiß, daß unsere Ehe zerrüttet war, zerrüttet, was für ein Wort. Ist die Ehe zerrüttet, fragte der Richter, wir schauten auf unsere Schuhe, du hattest ein neues Paar, ich trug braune Stiefel, ja, sagten wir ungläubig, den Nachweis der Zerrüttung unserer Ehe besitze ich heute noch in mehrfacher Ausfertigung. Was schriftlich fixiert ist, ist mit Vorsicht zu genießen, genau wie mündliche Vereinbarungen, es wird immer mehr, spricht Gottfried in den Hörer, sollte man auf solche telefonischen Zusicherungen bauen, lieber nicht, lieber nicht, die Sprache ist kein verläßlicher Vertragspartner, sie ist eine Betrügerin. Auch Gelegenheitsdiebstahl ist strafbar, eine Liebe aus Sprache, das haben wir, eine Liebe aus Luft, Luft und Liebe, davon lebt man vielleicht bis April, aber länger nicht, du drohst mir, sagt Gottfried. Droh mir nicht immer, ich droh dir nicht, ich schreib dich weg, die Sprache ist das beste Auslöschungsinstrument, besser als Mord und Brand, viel eleganter, und man wird nicht straffällig; was man niederschreibt, tötet man, läßt man erstarren. Als Fossilien schimmern Liebe, Lust und Leid durch die erstarrte Sprachlava, viele Personen schimmern durch, die Bilder können sehr schön sein, so schön wie Rembrandtporträts, ein Mann sitzt auf einem Stuhl. Er hat ein klares Gesicht, das man lange ansehen möchte, er trägt ein gutes dunkelblaues Hemd, eine goldene Krawatte und dunkelblaue Socken, sonst nichts, nie habe ich einen so gut angezogenen Mann gesehen. Der Mann saß vor mir, ich hatte ein langes leinenes Nachthemd an mit Spitzenträgern und einem Engelsmedaillon auf der Brust, ein schlechter Engel, zwischen uns standen Weinflaschen mit billigem Wein, dieser Situation war ein bemerkenswerter Tag vorausgegangen, ein Mittagessen in Trastevere. Wir saßen in Fischernetze verstrickt, der Mann zeigte mir eindeutige Farbquadrate in einem schön gestalteten Katalog und sprach von den Tiroler Bergen; wo man lebt, ist gleichgültig, sagte er, über dem Pantheon standen drei Hubschrauber. Da ist wieder die Terrasse auf dem Viale

Bruno Buozzi, in der Nacht desselben Tages, die beiden laufen auf der Terrasse umher, die Frau erschreckt den Mann, indem sie dicht vor ihm ein Streichholz anreißt, wir hätten die Terrasse mit Benzin übergießen und anzünden sollen, ein helles Feuer wäre ausgebrochen, das bis zur Villa Borghese geleuchtet hätte, Künstler helfen Künstlern. Man kann sagen, daß ich ein Alkoholproblem habe, sagte der Mann mit dem klaren Gesicht, am nächsten Tag rief Gottfried mich zweimal in Rom an, ich bin besorgt, sagte er. Ist etwas mit dir und diesem Mann, ja, es ist etwas, etwas, das dir fremd ist, kein Wunder, daß du besorgt bist, deine Sorge ist begründet, es ist außer Reichweite für dich, genau wie dein Ehealltag für mich, jeder von uns beiden büßt beim anderen etwas ein, Einbußen sind das halbe Leben. Habe ich an Reiz für dich eingebüßt, seit wir uns kennen, dann und wann erlitt unsere Liebe kleinere Einbußen, damals in dieser Stadt, in der kleinen Wohnung, du legtest dich angekleidet auf das Bett, wir beschlossen, ans Wasser zu fahren, solange es hell war. Aber als wir nebeneinander lagen und uns berührten, bekamen wir Lust zu vögeln, wir machten es schnell und halb angezogen, er schlug meinen weiten lila Rock zurück, sodaß er meinen nackten Oberkörper wie ein Pfauenrad bedeckte, und zog mir den Slip aus, dann fuhren wir zum See, er wies in die verschiedenen Richtungen und nannte mir die Namen der Ufer, der Inseln, was habe ich mit ihm hier zu suchen, dachte ich. Alles ist besetzt von Vergangenheiten, wo soll ich hintreten, häßlich war ich, zu groß, die Hände hingen mir schwer an den Armen, der lila Rock, den er zurückgeschlagen hatte, gefiel mir nicht mehr, ich zog die Schultern ein, wo den Mut hernehmen für das Neue, wenn das Alte alles überwuchert, immer springe ich über meinen Schatten. Immer holt mein Schatten mich ein, wir gingen das Seeufer entlang, die Bäume verdunkelten den Weg, am See wuchs Schilf, an einem Landvorsprung setzten wir uns auf eine Bank. Daneben saß ein altes Paar, am See standen Jugendliche, ich legte ihm den Arm um die Schultern, und er sah sich nach den Leuten um, dort drüben ist die große Insel, sagte er, und ich schaute in die Richtung, in die er wies und sah einen hohen Turm. Ein grünes Boot kam näher, das ist ein Boot der Küstenwache, sagtest du, es kam näher, immer näher, gleich würden Maschinengewehrsalven über das Wasser peitschen, es aufspritzen lassen wie die Steine, die sie als Kinder flach über das Wasser geworfen hatten, jeder würde versuchen, den anderen als Deckung vor sich zu schieben, meine Haare würden mir im Zeitlupentempo um den Kopf fliegen. Du würdest langsam den Mund aufsperren, die Kugeln würden Löcher in unsere Pullover reißen, die sich mit Blut füllen würden, wir würden von der Bank gleiten und geräuschlos übereinanderfallen, das Boot würde sich entfernen, das alte Paar würde näherkommen. Der Mann würde sich über uns beugen, laß doch, würde die Frau sagen und deinen Körper leicht mit der Fußspitze anstoßen, gut, daß es die erwischt hat, das waren doch Ehebrecher. Schau dir die Frau an, man sieht es sogar jetzt noch, das Boot fuhr an uns vorbei, Leute standen darauf, jemand winkte uns zu, Gottfried begann vom Liebhaber zu sprechen. Ich möchte nicht von ihm reden, sagte er, leckst du ihm die Brustwarzen, ich sagte nichts und schaute auf die gegenüberliegende Seite des Sees, er versetzte mir einen Stoß, daß ich fast von der Bank fiel. Die Rippen schmerzten, ich schaute zur Seite und blinzelte, wie konntest du das tun, sagte er, wie konntest du das tun, er ist kalt, ich weiß es, gehen wir zurück zum Auto. Laß mich, dachte ich, laß mich, ich behalte ihn, ich muß etwas haben, das ich deinem Familienleben entgegenhalten kann wie dem Teufel das Weihwasser, ich gebe ihn nicht auf, wir gingen schweigend nebeneinander her. Es begann zu regnen, ich versuchte mit ihm zu sprechen, er ließ sich nicht besänftigen, weil er meine Unnachgiebigkeit spürte, wir schlugen einen Weg durch den Park ein, ziellos gingen wir auf den Wegen und fanden den Ausgang nicht. Schließlich kletterten wir über den Zaun, sehr langsam fuhr er den Weg zurück, die Scheibenwischer machten ein schabendes Geräusch, er saß mit hängenden Schultern hinter dem Lenkrad und sah alt aus. Da hatte ich ein Gefühl für ihn; einmal sagte er, was tust du, nimmst du seinen Schwanz in den Mund, vor einem Balkan-Selbstbedienungsrestaurant setzte er mich ab und fuhr weiter. Ich lief im Regen zur Eingangstür, es war ein etwas heruntergekommenes, billiges Lokal, ich fühlte mich wohl und bestellte eine Gulaschsuppe und ein Bier, die Gäste saßen einzeln an den Tischen, sie schauten durch das Fenster auf die Straße hinaus, auf die schrägen Regenstriche und auf die Pfützen, in die die Tropfen schlugen. Es war ruhig, I hear the rain / I hear the rain / I hear the rain / Gotta kill the pain, im strömenden Regen ging ich den kurzen Weg zur Wohnung zurück, er öffnete, ich setzte mich mit nassen Haaren auf einen Stuhl, komm her, sagte ich, er setzte sich auf mich, mit dem Gesicht zu mir, die Beine links und rechts vom Stuhl, küßte mich und drückte mich dabei an die Rückenlehne. Lange streichelte er mein Gesicht und meinen Oberkörper, ohne meine Brustspitzen zu berühren, bis ich seine Hände nahm und auf meine Brüste legte, er zog die Hände weg und streichelte mich weiter, als er meine Brüste zu lecken begann, drückte ich den Rücken durch. Wir entkleideten einander, er stand nackt vor mir, ich kniete mich vor ihn hin, streckte die Hände in die Höhe und streichelte ihm Brust und Arme, während ich seine Hüften und seinen Bauch küßte und mein Gesicht in die Haare neben seinem Glied legte, er rollte meine Brustspitzen zwischen seinen Fingern hin und her, und ich berührte mit der spitzen Zunge sein Glied, strich leicht immer wieder von unten nach oben. Dann ergriff ich seinen Hintern mit beiden Händen, schob ihn zu mir und nahm sein Glied in den Mund, ich spürte, wie er langsam kam, wie sein Körper steif wurde, wie er den Kopf zurückwarf, hielt ihn fest, während sein Glied in meinem Mund zuckte, und trank seinen Samen. Ich fühlte, wie er mir aus dem Mundwinkel rann, blieb vor ihm knien und behielt sein Glied im Mund, bis er mich hochzog und zum Bett führte, ich legte mich auf den Rücken und masturbierte, während er mich küßte und streichelte. Schau mich an, sagte ich, als ich kam, wir schliefen ein, und später vögelten wir miteinander, ich mag alles, was geil ist, sagte er, ich ja auch, ich ja auch, warum aber habe ich dir zu Weihnachten nach langem Nachdenken einen soliden Brieföffner aus Silber geschenkt. Wie war es das erste Mal zwischen dir und mir, als ich dir im Hotel gegenübersaß, setz dich zu mir, befahl ich, und er gehorchte und knöpfte mir beflissen die Bluse auf, zwei Betten standen in einem großen Abstand voneinander im Zimmer. Es war enttäuschend, er lief nackt und händeringend durchs Zimmer, weg von mir zur Anrichte, wo er stehend beide Ellbogen aufstützte, kannst du es dir nicht denken, rief er, ich bin verheiratet und habe viele, viele Kinder, dann lief er wieder weg von mir, den ganzen Weg hinüber zum anderen Bett, warf sich darauf und rief, ich wollte meine Frau nicht betrügen. Eine langsame Entgeisterung kam über mich, ein Ehemann also; um sein händeringendes Herumlaufen zu unterbrechen, sagte ich, leg dich doch her, und versuchte, ihn in meinen Armen zu beruhigen, jetzt zwingt er mich noch zur Kuhartigkeit der Mütterlichkeit, dachte ich. Du bist sehr mütterlich, hat Gottfried schon öfter gesagt, und es hat lange gedauert, bis ich in diesem Satz keine Beleidigung mehr sah, am liebsten würdest du alle streicheln, sagte er, und ich muß zugeben, daß ich jeden, der leidet, unabhängig vom Verwandtschaftsgrad in die Arme nehmen möchte, auch wenn er sich wochenlang nicht gewaschen hat; ich gehe in die Küche und esse ein paar Pistazien aus der Türkei. Wenn man sie öffnet, brechen die Nägel so leicht, ich trage meine Wunden sorglos mit mir herum, Sie können sie gern aus der Nähe betrachten, vielleicht entdecken Sie Ähnlichkeiten mit Ihren eigenen, ich habe keine besondere Lust, sie zu verbergen. Es ist zu mühsam, deckt man sie auf der einen Seite zu, werden sie auf der anderen entblößt, ich tu dir nicht weh, sagt Gottfried, vertrau mir. Manchmal sehe ich Menschen ihre Wunden an, das ist mir nicht angenehm, der Bruder Konrad glaubt im Gegensatz zu mir, daß es Menschenkenntnis nicht gibt, das Anschauen von Menschen ist das einzige, was mich nicht ermüdet, mein Bruder ist ein Unschuldslamm, habe ich immer gedacht, so sanft. Man muß ihn schützen, sonst wird er geopfert, Bruder und Schwester, so innig, mit dem weißen Motorrad fuhren wir über den Berg mit heißen Bremsen, ich hielt ihn um den Bauch wie einen Geliebten. Du warst beherrschend, sagte er, wo war seine Freiheit, wo ist sie, immer hatte er anderes zu tun, er baute eine Mandoline. Er schliff eine Linse, er hobelte ein Brett glatt, er überzog ein Sofa mit gelbweißem Stoff, er kochte eine Gemüsesuppe, so schob er die Freiheit vor sich her, vielleicht ist sie nicht so wichtig, ist eine Wende eingetreten, seit er vor zwei Monaten auf einem Treppenabsatz stand und mit einem verzogenen Mund auf mich herabredete in Sätzen, die er nicht von mir gelernt hat, ja, eine Wende in diesem Text, so hat der Bruder die Apotheose des Bruders verhindert, Gott sei Dank, du hast ihn idealisiert, sagt Gottfried. Der Blick vom Treppenabsatz hat etwas zerstört, aber nie geht die gegebene und empfangene Liebe laut Energieerhaltungssatz verloren, das weiß ich; einmal betrat ich mit dem Bruder ein baufälliges Schloß auf dem Marchfeld. Der Schloßhof war mit roten Ziegelstücken übersät, in dem großen weißen Saal mit der durchgebrochenen Stuckdecke hätten wir verwandelt werden können, aber Arbeiter in blauer Kleidung ließen uns wieder hinaus, Spieglein, Spieglein an der Wand, wir waren einander zwei freundliche Spiegel, der Bruder und ich. Einmal, als der Bruder sechzehn war, fuhren wir nach Italien, davon gibt es Fotos, es war seine erste Auslandsreise, schau, der Denunziantenbriefschlitz, sagte ich zu ihm und steckte seine Hand in die abgegriffene Öffnung im Stein des Dogenpalasts. Wir wohnten über den Fernsehantennen in einer Pension an der Riva dei Sette Martiri, er war um diese Zeit plötzlich viel gewachsen, seine bis dahin glatten Haare hatten sich gewellt wie Schlangen, auf einem Foto sitze ich auf einer Mauer, das lange Haar mit einer Spange auf dem Hinterkopf zusammengehalten, in einem dünnen indischen Baumwollrock, an dessen Gürtel kleine Glöckchen befestigt waren, die leise klingelten, eine schöne ältere Schwester mit einem Lächeln. Auf einem Foto steht der Bruder vor den Langusten und Aalen auf dem Fischmarkt, auf dem schleimigen Boden rutschte er fast aus, ein noch lebender Aal schlängelte sich über die Tischkante, wir fuhren mit der Bahn von Venedig nach Verona, an roten Klatschmohnfeldern vorüber. In der Arena winke ich von der Tribüne wie eine Diva auf dem Foto des Bruders, in einem Park lächle ich, eine Schulter ans Kinn gezogen, durch einen Oleanderstrauch hindurch auf dem Foto des Bruders. Am Gardasee sitze ich auf dem Foto des Bruders im Gras, ein Bein ausgestreckt, das andere angewinkelt, die Arme hinter mir abgestützt, den Bauch eingezogen und den Kopf wie der Star eines erotischen Films aus der Stummfilmzeit zur Seite gedreht, das Kinn erhoben und die Augen halb geschlossen, auf Fotos des Bruders sitze ich in einer hohen Wiese mit Mohnblumen und am Meer bei Sonnenuntergang, im Gegenlicht, ein Fuji-Film mit vierundzwanzig Fotos, der Bruder, ein bewunderndes Kameraauge, er war kein Kind mehr. In der Pension am Gardasee hielt man uns für ein Paar, einmal kauften wir Eßwaren und Wein und aßen auf dem Balkon des Zimmers zu Abend, es war festlich, zum Schluß war der Bruder betrunken; als ich ihn am Strand sah, dachte ich daran, wie er als Kind seine eigenen Schultern geküßt und gesagt hatte, schau, was für schöne Schultern. Ich wollte in den wenigen Tagen möglichst viel sehen und hetzte den Bruder hinter mir her, der sich nach mir richtete, wie er sich immer nach mir gerichtet hatte, war so viel Vertrauen gerechtfertigt, ich wußte doch selbst so wenig, die Sanftheit des Bruders drang ein wie das Wasser, jetzt ist er anders. Jetzt sind die Zeiten härter, die Winde kälter, er hat gelernt, mit der Liebe hauszuhalten, man hat ihm einiges beigebracht, ihn abgeschreckt wie ein Ei, jetzt hält er was aus, in sogenannten Liebesbriefen habe ich geschrieben, wie schön, daß du mir allein gehörst, die blanke Habgier, ach dieses Herumfuhrwerken der Gefühle beim Schreiben! Ich nehme jetzt ein Vollbad, das war schön, die Poren haben sich geöffnet, meine Füße sind heiß und rot, die Haare weich und gekraust, ich schaue an meiner Körperlandschaft hinunter. Die blasigen Flächen des Schaumbades schaukeln und verteilen sich als neue Figuren, Teile der Haut sind wie imprägniert, darauf springt das Wasser zusammen, mein Bauch, eine kleine Insel, der Schaum verfängt sich in den Haaren darunter, ich gehe auf wie ein Krapfen, ich werde müde, die Haut auf den Fingerkuppen zieht sich zusammen. Die Honigseife duftet, ich bin zu müde, um zu masturbieren, was, in zwanzig Sekunden hast du es gemacht, sagt Gottfried, mach es doch nicht so schnell, laß dir Zeit, aber ich wollte mir nicht Zeit lassen, das ist wie beim Essen. Manchmal will ich schlingen, fast food, das nächste Mal will ich mit Gottfried ein Bad nehmen, wir stellen einen Stuhl mit Käse, Fleisch und Wein neben die Wanne, essen und trinken zuerst und vögeln dann, daß das Wasser über den Wannenrand schwappt, und einmal seifen wir uns unter der Dusche ein, daß wir aneinander abrutschen und die Seife verlieren, die zwei Meter über die Fliesen schlittert. Dann legen wir uns mit nassen Haaren und kalten Köpfen ins Bett, das stelle ich mir vor, während mein Freund Stefan von Gottfrieds Frau träumt, er träumt, daß sie einen Vierzeiler geschrieben hat, der Vierzeiler lautet, Das Leichte kommt vom Himmel / Das Schwere liegt im See / Das Grüne liegt im Traumland / Und das tut weh, warum träumt mein Freund Stefan von Gottfrieds Frau. Die Welt ist ein Netz von Fäden zwischen den Menschen, in letzter Zeit träumte mir öfter vom Schnee, zum Beispiel, daß ein älterer Mann in einem hellen Sakko mein Geliebter ist, wir gehen in seine Wohnung, die auf einem Hügel liegt, und als er mich auf der Straße küßt, ist mir das peinlich, denn ich mag ihn nicht. Während wir den Berg hinaufgehen, sehe ich, daß es schneit und daß ich mit bloßen Füßen im Schnee gehe, auch von einem Haus am Meeresstrand in Neuengland habe ich geträumt, dort leben meine amerikanischen Eltern, das Meersalz lag wie Schnee auf meinen Armen. Ich schaute durch kahle Bäume und fühlte mich geborgen, von Bäumen ist viel zu wenig die Rede, warum fotografierst du immer Bäume, fragen sie mich, ja wenn man das erklären muß, Exkurs über die Bäume. Bei meiner Geburt hat es mit ihnen angefangen, den weißrosa blühenden Apfelbäumen auf der Wiese Anfang Mai, da nahm die Reihe der Bäume ihren Anfang und hat meine Augen zum Ausruhen gebracht bis heute, Bäume kann man nicht bauen. Die ländlichen Birnbäume des Bauern, unter denen der Knecht saß und mit einem Zimmermannsbleistift Buchstaben auf eine Holztafel schrieb, der Vogelkirschenbaum hinter dem Zaun, dessen Früchte fast schwarz waren, der kleine Nußbaum mit den großen leichten Nüssen und der große mit den kleinen vernagelten auf dem Grundstück der Großeltern. Manchmal war auf den aus der Schale gefallenen Nüssen noch ein kleines schwarzes Netz, die Finger wurden gelbbraun beim Essen der frischen Nüsse, ich schälte sie, denn die Haut schmeckte bitter, geschält waren sie weiß und zart; mein Urgroßvater war Holzfäller und wurde von einem in einer Rinne ins Tal stürzenden Stamm erschlagen. Mein Großvater war Zimmermann, immer schon habe ich gewußt, wie eine Wasserwaage aussieht, die schwarzen rissigen Astgabeln, in denen die Füße schwer Halt finden, die nachgebende Leiter beim Kirschenpflücken, die Espen am See, deren Blätter beim geringsten Lufthauch rauschten und unruhige Schatten machten. Überall an den Hauswänden lagen die gehackten Äste und Stämme schön aufgeschichtet und dufteten, wenn die Sonne darauf schien, bei der Geburt meines Kindes würde ich keinen Baum pflanzen, weil ich Angst hätte, daß er stirbt, die Pappelallee auf der anderen Seite des Sees. Holz angreifen beruhigt, es gibt der Hand etwas, es war schön, den Baum zu umarmen, während Gottfried mich von hinten vögelte, und die Bäume anderswo, die Platanen am Tiber in Rom im Dezember, weiß in der Sonne und hängend wie Weiden mit den alten Kugeln vom Herbst, Bäume wie der Tod. Die hohen Pinien im Park der Villa Borghese mit der orangegrauen Rinde, die Baumgerippe an der Seine im Frühjahr, wie Brandruinen, bemooste Balken an der belgischen Küste, auf denen man aufs Meer hinausgeht, weißgekalkte Bäume in griechischen Städten, ein Baum, der viererlei Früchte trägt, in einem Kloster in Kreta, unter Olivenbäumen bin ich zu Mittag betrunken gelegen und habe durch die Blätter in einen weißen Himmel geschaut. Das Gras und die Erde waren trocken, ich legte meinen Kopf in die Armbeuge des Mannes und versuchte, die Zikaden nicht zu hören, ich sehe einen Ligusterbaum an einem See. Ligustrum lucidum, zur Gattung der Oleaceae gehörig, der Duft seiner großen weißen Blüten hat mich verrückt gemacht, und mit dem Ginkgobaum hat es seine Bewandtnis, Ginkgo biloba, der Tempelbaum, stößt das Blut durch die Adern und hält die Liebe im Fluß. Die Frau schaut in die Baumkrone, während der Mann auf ihr liegt, so gehört es sich. So ist der Blick in die Krone am schönsten, der Blick in den Himmel, manchmal bin ich unter kahlen Bäumen knietief im braunen Laub gewatet, ich bin lautlos in Föhrennadeln gegangen, da wurde manches geheilt, der Bruder Konrad hat langsam etwas aus Holz geschnitzt. Sorgfältig hat er Einlegearbeiten aus Holz gemacht, einen Zinksarg möchte ich nicht, die Fichtenäste im Winter sind schwer vom Schnee, dann und wann fällt er dumpf zu Boden, und ein Ast hebt sich wieder, in den Astgabeln der Birken liegt der Schnee in der Sonne und schmilzt. Der Stamm der schräg über das Wasser des Sees ragenden Erlen ist auf der dem Wind zugewandten Seite von Schnee bedeckt, oft habe ich die Arme um einen Baum gelegt wie um einen Mann, auf einem warmen Holzsteg an einem See liegen und durch die Ritzen in das glucksende grüne Wasser darunter schauen, den Kopf an eine warme Holzwand lehnen und sich dann das Harz aus den Haaren streifen, sich den Rücken an der Rinde eines Nadelbaumes aufscheuern, während der Mann vor einem steht. Gottfried ist nie da, ein Frauenschicksal, einmal fuhr ich mit dem Zug zu ihm, da lag Schnee auf den Bahnsteigen wie Staubzucker, das gab mir ein sonderbares Gefühl, worauf warte ich eigentlich schon das ganze

Leben, wenn ich das genau wüßte, wäre alles noch komplizierter. Im Warten bin ich ziemlich ausdauernd, jetzt habe ich einen Kelim aus Istanbul im Zimmer liegen, der mich mit seinem Muster ablenkt, er hat etwas Indianisches und etwas Lustiges, wie ein Bild von Klee; im Großen Basar haben wir uns Teppiche angesehen, bis die Muster durcheinandergerieten, und bitteren Tee getrunken. Ein kleines Teppichgeschäft wirkt dämpfend auf die Stimme, ein Händler hieß Said, die anderen hießen Brothers, in den Geschäften für weibliche Unterwäsche verkauften lauter Männer, sie waren von meterhohen Stapeln großzügig konzipierter Büstenhalter umringt, im Antiquitätenbasar kaufte ich einen Armreifen aus Elfenbein mit einer Silberschließe, die Kostbarkeiten des Orients, Silber, Gold, Smaragde, Safran und Naphtalin. Meist kaufe ich aus reiner Raffgier und denke, dann ist mir leichter, dann bin ich glücklich, ich bin immer glücklich, sagt Gottfried, das ist wirklich nicht zum Lachen, diese Aussage steht in krassem Gegensatz zu seinem Gesicht, langsam gehen mir die Lebenslügen auf die Nerven, oft schießt mir die Angst schon morgens in die Eingeweide. Dann sitze ich am Bettrand und krümme mich zusammen, Akupressur hilft nicht viel, wenn sich, was gewesen ist und was sein wird, gleichzeitig über einen hermachen, der Punkt der Gegenwart ist manchmal kaum auszuhalten, an anderen Tagen wiederum kann der Morgen sehr erquickend sein, zum Beispiel heute, am zweiten März, dem Namenstag von Karl. März ist ein schönes Wort, wie Herz und Quarz, im großen Garten unter meinem Fenster wird schon gearbeitet, das stumpfe Braungrün des Bodens hat einen hellgrünen Schimmer, gestern fuhr ich mit der Straßenbahn nach Gösting. Am Gehsteig ging ein Bub mit einer Narzisse in der Hand wie ein Ministrant, Narzissen haben etwas Giftiges, der Beginn des Frühlings wird mit jedem Jahr zunehmender Umweltzerstörung erstaunlicher, er schert sich nicht und kommt einfach; wenn ich den grünen Schimmer sehe, könnte ich singen. Nicht einmal vögeln möchte man, so froh ist man oft, wenn der Frühling anfängt, eine reine Freude, mit der gelben Sonne kommt die Hoffnung; daß Christus nicht im Frühling geboren ist, ist eine der zahllosen Ungereimtheiten der christlichen Kirche. Von Rechts wegen sollte Christus auch kein Steinbock sein, sondern ein Fisch, das wird jedem einleuchten, der mit den Grundlagen der abendländischen Astrologie vertraut ist; die Sonne wirft helle Vierecke auf den Izmir-Kelim am zweiten März. Zu Beginn des Frühlings sollte man in aufgeweichte Erde treten und sich zart küssen lassen auf einer Bank auf einer Anhöhe neben Palmkätzchen, weiter sollte man in diesen Handlungen keinesfalls gehen, das würde alles verderben, man darf höchstens unter Wintermänteln etwas ahnen, Anfang März ist man wieder im Stande der Unschuld. Man hat sich gehäutet, alles ist möglich, aus der Mutlosigkeit treibt die Hoffnung die fremdartigsten Blüten, im Schatten liegen auf den Pfützen noch dünne Eisschichten, durch das alte Laub stoßen die Schneeglöckchen wie Widder. Im März ist das Schreiben eine einzige Zuversicht, was wird alles werden, vieles ist vorstellbar, einschließlich der Liebe Gottfried, sie muß sich erneuern, muß Farbe bekommen wie die jungen Weiden. Sonst werfen wir sie auf den Kompost, damit eine andere entsteht, ich möchte die Augen zumachen im gleißenden Licht, hinter den Lidern rot die Sonne sehen und eine Wange spüren und Haare, die Angst wäre weg. Wie entfremdet sind wir dem März mit unseren Warenhäusern, den eingezäunten Bäumen im Asphalt, den glatten Brandmauern und Tankstellen, den blitzenden Rückspiegeln, ich möchte zurück in den März der Kindheit, mein Vater hat etwas gefunden, ein kleines Bügeleisen aus Messing mit einem Holzgriff. Es war mein Spielzeug, ich halte es in der Hand, es ist kalt und schwer, an der Rückseite hat es eine Schiebevorrichtung, damit man den heißen Eisenbolzen einführen kann, der Eisenbolzen ist verlorengegangen, soll ich dir einen neuen machen, sagte der Vater. Ich habe dir Nüsse im Rohr geröstet, sagte der Vater, es könnte aber auch der Bruder gewesen sein, wie sollen Männer sein, weich wie Seide und hart wie der Eisenbolzen, sinnlich und gütig, das weiße Haar des Vaters hat mir oft entgegengeleuchtet. Einmal habe ich ihn in einer großen Menschenmenge von einem erhöhten Platz aus gesucht und ihn gefunden, weil sein Haar so weiß glänzte, auch auf Bahnhöfen habe ich ihn immer leicht entdeckt, einmal fuhren wir mit dem Rad zu Pfingsten durch die Steiermark und das Burgenland. Sein weißer Kopf fuhr vor mir her; wenn wir durch Ortschaften fuhren, bellten uns die Hunde an, ich schlief mit dem Vater in einem Ehebett, wir aßen im

Freien an Holztischen, abends waren wir immer sehr müde, wir fuhren die ungarische Grenze entlang. Die Wachtürme waren nahe, wir tranken viel Bier, oft dachte ich mir Gottfried sehnsüchtig an die Stelle des Vaters, mein Vater aber kennt die Pflanzen und die Stimmen der Vögel. Vom Vater und vom Bruder habe ich viel gelernt über die Dinge, viel über die Freiheit, von Frauen habe ich viel gelernt, wie man nasse Wäsche aufhängt, wie man sich verhält, wenn die Preßwehen einsetzen, wie einem der Pudding nicht anbrennt, viel über die Unfreiheit, wie man Männer und Kinder festhält und nicht mehr losläßt. Hol mich zurück, wenn ich einmal von dir weggehe, sagte Andreas und zeichnete einen Polypen mit langen Armen, dieser Polyp sollte ich sein, saug mich ein, saug mich aus, sagt Gottfried, was sind denn das für Ansinnen. Das ist doch erbärmlich, die Frau, die bewegungslos dasitzt und ihren Sog ausübt, dick und fett sitzt sie da, aber das macht nichts, sie ist eine Frau mit Power, ein Fruchtbarkeitssymbol, das den Begriff der Freiheit einfach ausradiert. Nein, nach diesem Bilde möchte ich nicht geschaffen sein, mir schwebt etwas anderes vor, etwas Leichtes und Feines, eine Rosalind aus Shakespeares Was ihr wollt, eine Freundin der Männer mit dem Mut zu gehen oder wegzuschicken, wenn es Zeit ist, nicht versklavend und nicht versklavt, geistvoll und geil, das hört sich schön an. Aber so leicht ist das nicht, es ist sogar sehr schwer, es ist sogar fast unmöglich; um diesem Zwiespalt zu entrinnen, schwinge ich mich auf mein Rad und fahre allein los, einen Hügel hinunter. Dann steige ich ab und schiebe das Fahrrad die nächste Steigung hinauf, die Gegend ist hügelig, voller Obst- und Weingärten, das Mädchen trägt eine aufgekrempelte Hose, eine helle kurzärmelige Bluse und Turnschuhe. Sie hat die Haare zu einem Pferdeschwanz zusammengebunden, sie ist vielleicht sechzehn, siebzehn Jahre alt; auf halber Höhe bleibt sie stehen, weil sie etwas auf der Straße gesehen hat, und legt das Fahrrad ins Gras neben der Straße, sie geht in die Straßenmitte und hockt sich hin. Ein Feuersalamander geht über die Straße, er geht sehr langsam, sie steht auf, sucht etwas, findet einen Halm am Straßenrand und stößt den Feuersalamander, damit er schneller geht, er geht nicht schneller. Sie wartet, bis er auf der anderen Straßenseite im Gras verschwindet, hebt das Rad auf und schiebt weiter, sie kommt an einem Haus mit einem verandaartigen, von Säulen getragenen Vorbau mit einem spitzen Giebel vorbei, zu dem links und rechts eine Steintreppe hinaufführt, ein Hund an einer Kette läuft so weit zur Straße hin, als diese es zuläßt, und bellt das Mädchen an. Obwohl sie wahrnimmt, daß die Kette straff gespannt ist, macht sie mit dem Rad einen Bogen in die Straße hinein, sodaß ein Kleinlastwagen, der sie überholen will, bis ganz an den linken Straßenrand ausweichen muß, der Beifahrer beugt sich aus dem offenen Seitenfenster, schaut zurück, wobei ihm die Haare ins Gesicht fallen, und ruft ihr etwas zu. Sie hat die Anhöhe bewältigt und bleibt auf dem kleinen Plateau stehen, von dem aus es wieder bergab geht, sie schaut die neue Landschaft an, die sie von diesem Punkt aus überblicken kann, vor ihr führt die Straße in Windungen hinunter. Am Straßenrand stehen hohe Sträucher, auf derselben Seite, auf der das Haus gestanden ist, steht wenige Meter weiter vorne ein hölzernes Wegkreuz, sie schiebt das Rad das kleine Stück bis zum Wegkreuz hinunter und lehnt es an den Baum, der gleich dahinter steht, das Wegkreuz hat ein spitzes Schutzdach aus zwei breiten Brettern. Die Farbschicht auf dem hölzernen Jesus ist abgeblättert, am Fuß des Kreuzes hängt schief ein vertrockneter Blumenstrauß, etwa zwei Meter nach dem Kreuz liegt auf der Straße, aber nahe dem Straßenrand, ein toter Igel. Sie stellt sich breitbeinig über den Igel, stützt die Fäuste auf die Hüften, kneift die Augen zusammen und schaut den Igel an, viele Fliegen sitzen auf dem blutigen Fleisch, während sie zum Rad zurückgeht, nähert sich auf dem Seitenweg, den das Wegkreuz markiert, ein Traktor und biegt nach rechts in die Straße ein. Der Mann auf dem Traktor lächelt sie an und hebt die Hand, sie sieht, wie das rechte Vorderrad über den Igel rollt, dann setzt sie sich auf das Fahrrad, nachdem sie sich vergewissert hat, daß die Tasche auf dem Gepäckträger nicht herunterfallen kann, und fährt den Abhang hinunter. Die Haare werden ihr aus der Stirn geweht, nur eine dünne Strähne bleibt kleben, sie fährt immer schneller, bald ist sie nur noch ein Punkt, der sich bewegt, Distanz und Nähe in peristaltischen Bewegungen. Treue und Treulosigkeit, man zieht andere an und stößt sie ab, es muß neu werden wie im März, wenn nicht, darf man verraten. Don't wanna be the bad guy / Don't wanna make a soul cry, singt Joan

Armatrading in Wien und bewegt sich wie eine dicke Hummel, laßt mich alle in Ruhe, haut ab, und doch verwickle ich mich wieder in die anderen bis in die Nähe der Unentwirrbarkeit, du schiebst mich ab, weint sie. Ihr entfernt euch von mir, klage ich, erdrück mich nicht, verlangt er, geh weg, schreie ich und stoße dich vom Annapurna, ohne diese Verschiebungen aber erstarrt alles, geht weg. It's not that I love myself / I just don't want company, Begrüßungen und Abschiede, Freiheit am Anfang und Verstrickung am Ende, doch das schönste Bild von mir zeigt mich allein, autark, autistisch oder einfach aufsässig. I wanna be by myself / I came in this world alone, das Gefühl des zweiten März ist vorbei, heute regnet es in feinen Fäden, regnet es auch in Malta, was würde Gottfried sagen, wenn ich mich in Malta träfe mit meinem Freund Angel, mit dem ich schon viel gereist bin und auf Reisen viel gevögelt habe. Auf Reisen ist das sehr schön, einmal hier und einmal dort, in verschiedenen Zimmern mit verschiedenen Tapeten, auch in Malta würde ich es tun, aus freundschaftlicher Zuneigung, dem freiesten und deshalb rechtmäßigsten Grund zu vögeln, Angel ist aus einem anderen Land. Das wenige Deutsch, das ihm bekannt ist, stammt aus den Texten von Mahlers Liedern eines fahrenden Gesellen und den Kindertotenliedern, ich hab' ein glühend' Messer in meiner Brust, das schneid't so tief, einmal hörte er die Stimme von Freddy Quinn und fand sie wunderbar, ich lernte ihn in einer fremden Stadt kennen. Nachdem ich ihm beim Kochen zugesehen und seine Stirn betrachtet hatte, während er Schach spielte, tanzte ich einen Walzer mit ihm, einmal standen wir mitten in einem Feuerwerk. Ein anderes Mal ging ich auf dem Dach des Mailänder Doms auf und ab, beschattete die Augen mit der Hand und wartete auf seine Ankunft, wir waren auf Bergen und im Meer, wir belogen einander wenig, wir zeichneten unsere Gesichter auf Papierservietten. Wir hatten den Ginkgobaum auf unsere Fahnen geheftet, mit ihm war es ruhig, mit ihm habe ich oft wir gesagt und gedacht, zum Beispiel damals, wir durchqueren die Stadt Kisamos. Wir gehen langsam, denn die Rucksäcke sind schwer und es ist heiß, an gestapelten leeren Obst- und Colakisten vorüber und schauen in ein türloses kleines Obst- und Gemüsegeschäft hinein, in dem Steigen mit Tomaten, Kartoffeln, Honigmelonen, Feigen und Zwiebeln stehen, der hintere Teil des Geschäfts liegt im Halbdunkel. Ein Mann bewegt sich dort, dann biegen wir um eine Ecke in eine Straße ein, die auf beiden Seiten von Tamarinden gesäumt ist, vor einem Geschäft mit großen Glasfenstern stehen auf dem Gehsteig einige weiß und hellgrün emaillierte Badewannen. Daneben sitzen auf zwei Stühlen zwei schlafende Männer, einer hat eine Zeitung zwischen Unterarm und Rumpf geklemmt und den Kopf an die Auslagenscheibe gelehnt, der andere hat den Arm auf die Stuhllehne und den großen Kopf in die Hand gestützt, er sitzt breitbeinig da. Sein dicker Bauch hängt über seinen Gürtel, langsam hören die Häuser auf, unter einem Baum sitzen um einen runden Tisch viele Männer und reden; als wir an ihnen vorübergehen, hören sie zu reden auf und schauen uns nach, am Straßenrand steht auf einem grünen Metallpfosten die kleine Nachahmung einer Kapelle mit einem Kreuz. Wir bleiben davor stehen, das weißgestrichene Blech ist schon angerostet, auf der Holzplatte, die die kleine Kapelle trägt, stehen eine rote Plastikvase und eine Flasche, wahrscheinlich Öl, damit man in der Kapelle ein Lämpchen anzünden kann, denken wir. Wir gehen weiter, vor uns ist flaches Land, rechts liegt das Meer, wir schlagen den Weg zum Meer ein, es ist beschwerlich, in der Sonne über die vielen großen weißen Steine und ausgebleichten Äste zu steigen, die zwischen uns und dem Meer liegen. Der Strand ist nicht zum Baden geeignet, das Meer bildet hier eine Bucht, an der am weitesten landeinwärts gelegenen Stelle liegt schräg ein großes gestrandetes Schiff, der obere Teil des Schiffes ist weiß, der untere braun vom Rost. An der Schiffswand steht in Blockbuchstaben Oguy Line, ein Mann klettert schnell über die Strickleiter vom Deck des Schiffes herab und geht auf uns zu, er spricht uns auf englisch an und erklärt uns, daß das Schiff schon vor sechs Monaten durch einen Sturm in die Bucht getrieben worden und aufgelaufen sei. Bisher habe die Schiffahrtsgesellschaft keine Möglichkeit gefunden, das Schiff zu bergen, er habe zur Mannschaft gehört und bewache das Schiff, der Mann sieht aus wie jemand aus Südostasien, wir fragen, woher er kommt, und er sagt, er sei Filipino, er winkt uns hinter sich her und zeigt uns eine Quelle zwischen grünen Sträuchern. Es gefalle ihm auf dem Schiff, sagt er, wir umrunden weiter die Bucht und schlagen dann den Weg in Richtung auf eine Landzunge ein, die die westliche Begrenzung der Bucht bildet. Wir klettern über Steine und staubiges Gestrüpp auf eine Anhöhe, wo der Weg anfängt, der zum äußersten Punkt der Landzunge führt, wir bleiben stehen und blicken zur Bucht zurück, von hier wirkt das Schiff immer noch groß. Der Meeresstrand sieht von weitem leicht zugänglich aus, aber fast immer ist es schwierig, ans Wasser zu gelangen, denken wir, der Strand sieht aus wie ein Sandstrand. Aber er stellt sich dann als Steinstrand heraus, von weitem kommt einem immer alles so schön vor, denken wir und beginnen den Weg hinaus zur Landzunge zu gehen. Die Erde ist rötlich, am Wegrand stehen hellbraune Disteln, bald wird der Weg zu einem schmalen, steinigen Pfad, die Landzunge ist unbewohnt und baumlos, hie und da sehen wir Ziegen. Große Steine liegen zwischen dem trockenen Buschwerk aus Ginster, Thymian, Wacholder und Myrte, mit den Augen verfolgen wir die gezackte Küstenlinie, die rechts unter uns verläuft. Eine klare weiße Linie, denken wir, aber wenn wir hinuntersteigen, reißen wir uns an dem porösen Gestein, das die weiße Linie in Wirklichkeit ist, die Füße auf, die Sonne ist sehr heiß. Wir haben keine Kopfbedeckungen, in einiger Entfernung zieht sich ein langer Streifen von blühenden Oleanderbüschen ein Stück weit quer über die Landzunge, dort werden wir rasten, denken wir. Wir trinken Wasser, dann setzen wir uns in den Schatten, legen die Rucksäcke ab und öffnen einen, während wir essen, schaut eine Wildziege mit gebogenen Hörnern, einem langhaarigen weißen Fell, schwarzen Flecken um die Augen und schwarzen Beinen hinter einem Oleanderbusch hervor; dann stehen wir auf, füllen unsere Wasserflaschen, schnallen uns die Rucksäcke um und gehen weiter in der prallen Sonne. Das Ende der Landzunge ist in der Ferne zu sehen, es ist vollkommen still, von der Hitze wird uns schwindlig, wir müssen einen Schatten für unsere Köpfe finden, denken wir, wir gehen ein Stück vom Weg ab auf ein paar große Steine zu. Wir legen uns auf den Erdboden und schieben dabei unsere Köpfe in den Schatten der Steine, eine Eidechse verschwindet unter einem Stein, nach zehn Minuten stehen wir wieder auf und setzen den Weg fort, der Pfad führt nach links zu einem Abhang hin, der zum Meer abfällt. Am Rand des Abhangs bleiben wir stehen, unter uns liegt ein breiter weißer Strand. Mitten auf dem Strand steht ein Baum, das Meer bildet kleine Buchten und einen von einer Nehrung abgetrennten Strandsee, das Meer ist grün und blau und hat dunkle Stellen, Wasserpflanzen, denken wir. Es sind keine tiefen Stellen, das Meer ist seicht, man sieht, daß es bis weit hinaus seicht ist, ein paar hundert Meter von der Küste entfernt liegt eine Insel im Meer, länglich, graubraun und kahl. Noch weiter draußen sind die bläulichen Umrisse einer zweiten Insel zu sehen, wir schauen lange, es sieht aus, als wäre hier noch niemals irgend jemand gewesen, denken wir, es ist wirklich schön, wir beginnen den steilen Abhang hinunterzuklettern, wobei wir uns an Steinen und größeren Sträuchern festhalten. Langsam arbeiten wir uns vor, sobald wir unten angekommen sind, gehen wir über den feinen Sand, zu dem Baum, dessen Laub dicht und ledrig ist, und stellen unsere Rucksäcke in den Schatten. Dann ziehen wir uns aus und hängen die Kleider an den Baum, schnell gehen wir über den heißen Sand ins Meer, wir waten bis zu den Hüften ins Wasser, dann tauchen wir unter, wir schwimmen weit hinaus. Trotzdem scheint die graubraune Felseninsel immer gleich weit entfernt zu sein, wahrscheinlich unterschätzen wir die Distanz, denken wir. Wir können sie nicht erreichen, wir kehren um und schwimmen zurück, dann breiten wir Handtücher unter dem Maulbeerbaum aus, legen uns auf den Rücken und schlafen ein; so war das. War das so, so ungefähr, das ruhige Reisen mit einem Freund, gemeinsames Denken, da sagt man am leichtesten wir, warum ging ich von Angel, der frei war und mich frei sein ließ, zu Gottfried, der gebunden ist und mich bindet; weil man das Bestehende zerstören muß im Namen der Suche; ich wundere mich immer wieder, daß ich von außen ganz anders aussehe als von innen. So, und jetzt stülpen wir Sie um, sagt der Herr Diplompsychologe, denken Sie an eine Blume, was fällt Ihnen dazu ein, warum weinen Sie jetzt, sind Sie traurig. Da, auf dem Tisch liegen Papiertaschentücher, nehmen Sie sich eines, eine Margerite fällt mir ein, ich reiße ihr die Blütenblätter aus. Er liebt mich von Herzen / mit Schmerzen / ein bißchen / ein wenig / gar nicht, wird er mich noch lieben, wenn ich verschrumpelt bin wie ein ungespritzter Apfel, du wirst sehen, es wirkt tatsächlich, sagt die Freundin und schenkt mir eine winzige Straßenwalze, einen Faltenroller, mit dem man die kleinen Rinnen und Gräben auf der Stirn, neben den Augen, neben dem Mund überrollt. Kauf dir die Creme dazu, sie ist ihr Geld wert, mein erstes weißes Haar riß ich mir aus und klebte es mit Tixo auf dunkelblaues Papier. Zu solchen Dingen hast du Zeit, sagte die Mutter, als sie es sah, ja, zu solchen Dingen, ich finde es sinnvoller als das Einkochen von Marmelade, obwohl ich gern einkoche und es manchmal genieße, das Bett zu überziehen, schön ist es, das Bett zusammen mit einem Mann zu überziehen und sich dann in die frische Bettwäsche zu legen, warum aber verdirbt mir Gottfried diese Idylle, stößt mich durchs Zimmer und zerreißt mir das Nachthemd. Es liegt im Papierkorb eines Hotels, er hat es mir nie ersetzt, tags darauf aber stand die Sonne hoch am Himmel, wir aßen eine Suppe und schaukelten auf dem Fluß in einem Café, in dem fast alles ausgegangen war, auch das Bier. Wir telefonierten kurz miteinander, obwohl wir Tür an Tür wohnten, dürfte ich dich kurz aufsuchen, fragte er und klopfte ein wenig später an. Dürfte ich kurz mit dir vögeln, fragte ich, morgens hat er es nicht besonders gern, Marguerite Duras hat früh damit angefangen, es hat ihr gut getan, das sieht man ihr noch im Alter an, der Hut mit dem Band und die hochhackigen Schuhe, die sie im Liebhaber trug, sind eine schöne Maskerade, sie schreibt über ihre Brüder und ihre Mutter. Die Brüder und die Mutter sind wichtiger als der Liebhaber, obwohl ihr Buch Der Liebhaber heißt, wichtig ist das, was wehtut, alles andere ist schmückendes Beiwerk, ich würde für dich sterben, sagte ich zum Bruder Konrad. Ich aber nicht für dich, sagte er zu mir; als ich ihm einmal während des Essens mit der Gabel etwas vom Teller nahm, bekam er einen Wutanfall, ich erinnere mich daran, wie er unter einem Baum hin und her sprang, um die vielen Maikäfer zu zertrampeln, die aus der Krone gefallen waren. Einmal weinte er, als er eine Blume verwelken sah, dann wieder, als ich ihn gehänselt hatte, weil er bei einem Brettspiel der Verlierer gewesen war, er weinte viel, er lief oft hinter der Mutter her, er hing an ihrem Schürzenband. Er sah aus wie ein Mädchen, was weiß ich noch alles von ihm, unendlich viel weiß ich von ihm, ständig die Bilder im Kopf, schöne und häßliche Bilder, auf einem Bild sehe ich, wie die Mutter in einem Jogginganzug durch den Korridor eines Krankenhauses geht und sich nach mir umdreht. War das wieder so ein Augenblick der Liebe, auf einem anderen Bild sehe ich, wie die Mutter mit einem Kleiderbügel auf mich losgeht, war das wieder so ein Augenblick des Hasses, das Puzzle wird nie fertig. Dauernd verliere ich Bilder, dauernd verlege ich sie, Sie stimmen doch mit mir überein, daß die pädagogische Psychologie eine nützliche Wissenschaft ist. Das sogenannte Urvertrauen ist für viele dasselbe wie für einen Blinden die Farbe, Kleiderbügel und andere Waffen vernichten es oft noch, bevor es entsteht, werden meine Blumen heuer blühen, die Sonnenblumen, der schöne Kaktus. Im Schreiben kann man den Schmerz dingfest machen oder sich um ihn herumlügen, letzteres ist angenehm, aber auf lange Sicht nicht anzuraten, sich unter dem Schmerz zu biegen und nicht so starr zu werden, daß man bricht, das muß gelernt sein, sagte das altkluge Kind. Jemand sagt, erst als ich zwanzig Jahre alt war, habe ich gewagt, mein Gesicht mit den Händen zu schützen, wenn mein Vater mich schlug; auf leisen Sohlen huscht die Brutalität durch Österreich. Nur manchmal hört man das Weinen durch die Wände, Heimatland der Dunkelziffern, eine Dunkelziffer namens Ophelia Mayer streut Blumen, zuerst im Heim für schwererziehbare Mädchen, dann im Feldhof, enter Ophelia distracted. Da ist Rosmarin / das ist zur Erinnerung / ich bitt' euch ihr Lieben / erinnert euch / Und da sind Stiefmütterchen / die sind zum Nachdenken / Hier ist Fenchel für euch – und Akeleien / Da ist Weinraute für euch / und hier für mich / Wir nennen sie Reuekraut, ach ja, werden meine Blumen heuer blühen, die Wicken, die Feuerbohnen, ein Blumenmeer, eine blühende Phantasie. Es war eine Mutter, die hatte vier Kinder / Den Frühling, den Sommer, den Herbst und den Winter, die eifersüchtigen Blicke der Mütter auf die schwellenden Formen der Töchter sind ein offenes Geheimnis, abgeschlossene Badezimmer lieben Mütter im allgemeinen nicht. Meine Mu, meine Mu, meine Mutter schickt mich her / Ob der Ku, ob der Ku, ob der Kuchen fertig wär, lieb Mütterlein, was siehst du meinen Geliebten so sonderbar an, gefällt er dir etwa, nur einsichtige Mütter danken mit Anstand ab. Manche müssen gestürzt werden, das ist das gleiche Lied, das Väter und Söhne singen, kein Wiegenlied, kein Liebeslied, ein Schlachtgesang, ein Grabgesang, ach meine Mutter war eine schöne Königstochter. Sie trug ein Mölltaler Dirndl mit einem Samtband über der Brust und eroberte das Herz meines Vaters im Sturm, obwohl sie spindeldürr war; sie kam von weit her, aus einem tiefen tiefen Wald, war sie am Ende gar keine Königstochter, sondern eine Köhlerstochter. Vielleicht war sie die Jüngste von drei Schwestern, die lauterste, das Aschenbrödel, sie hatte traurige dunkle Augen, habe ich Farbe und Blick geerbt, wir waren sehr arm, sagte sie. Wir lagen zu zweit in einem Bett, wir waren viele Kinder, wir hatten keine Schuhe, einmal brannte unser Haus nieder, ich lief hinaus und sah den Feuerschein. So gern hätte ich einen ordentlichen Beruf erlernt, einmal geriet ich mit dem Fuß in ein laufendes Mühlrad, einmal sprang ich auf einen fahrenden Bus und verletzte mich. Schwimmen lernte ich ganz allein in einem Teich, einer meiner Brüder starb an einer Krankheit. Einer meiner Brüder starb bei einem Unfall, einer meiner Brüder starb, weil er zuviel trank, keiner meiner Brüder starb im Krieg; wenn ich mir eine Umgebung um meine Mutter denke, dann ist es die Küche. Sie dort zu sehen, ist mir das Vertrauteste, sie schraubte einen glänzenden Fleischwolf an den Tischrand, und ich sah zu, wie sich das Geselchte aus den vielen Löchern schlängelte, sie rührte den Germteig, legte ein Geschirrtuch darüber und stellte ihn an einen warmen Ort, wo er aufging. Auf der Herdplatte ließ sie Schokolade zerschmelzen und dann langsam über die Torte rinnen, schnell schnitt sie die beiden Enden der Brechbohnen weg und zog den Faden ab, an dem man sonst erstickte. Im großen Topf wallte die kochende Marmelade langsam auf wie heißer Morast, auf dem Holzbrett zog sie den Teig hauchdünn aus und belegte ihn mit Apfelspalten, Rosinen, Zucker und Zimt, und immer roch alles gut. Ihre Schürze war manchmal weiß, die Mutter hat das Engerl Adolf gekannt, ich habe vom Engerl Adolf geträumt, das Engerl Adolf ist in einem weißen Gewand aus Richtung Bayern auf Graz zugeflogen, wo es sich sofort wieder zuhause gefühlt hat. Es fliegt von der Stadtkrone ein Stück herunter bis zum Eisernen Tor, überblickt die Herrengasse und denkt, viele Menschen sind da, aber damals waren es noch viel mehr, man bekam direkt Platzangst. Alle waren meinetwegen da, eigentlich schad, daß ich tot bin, über dem Eisernen Tor bleibt es dann mit vibrierenden Flügeln wie ein Kolibri in der Luft stehen, dort gedenkt man seit Tagen rund um die Uhr des Faschismus. Man hat achttausend Kerzen aufgestellt für die achttausend Opfer des Nationalsozialismus, aber der Wind bläst dauernd die Flämmchen aus, das Engerl hat seine Freude an den Kerzen und an den vielen alten Nazis, die rund um die Uhr bei der sogenannten Mahnwache stehen und über alles reden, was ihnen am Herzen liegt. Man soll ja auch keine Mördergrube daraus machen, das Engerl Adolf ist gerührt, so lang ist es schon her, und sie haben mich immer noch nicht vergessen. Wie nett sie von mir reden, es fliegt nahe an eine ältere Frau heran, die ältere Frau sagt, und da habe ich direkt in seine Augen geschaut. Seit diesem Augenblick war ich ihm verfallen bis zum Kriegsende, keine hat für das Winterhilfswerk so viele Socken gestrickt wie ich, solche Augen hat er gehabt, ach ja, meine Augen, denkt das Engerl Adolf. Die waren mir zu Lebzeiten eine große Hilfe, der Eva haben sie auch so gut gefallen, war ich mit der Eva eigentlich je in Graz. Ich bilde mir ein, wir sind einmal auf den Schloßberg spaziert, eine hübsche Stadt, ein sympathischer Menschenschlag, das Engerl Adolf zieht ein paar Kreise über dem Eisernen Tor, es hat keine Ahnung, daß ein Zielfernrohr auf es gerichtet ist. In einer leerstehenden Wohnung in der Herrengasse steht ein vermummter Mann am Fenster und zielt auf das Engerl, das ist doch Gottfried. Gottfried erkenne ich auch vermummt, getroffen fällt das Engerl Adolf der älteren Frau auf den Kopf. Die Menge ist empört, wer hat denn das Engerl erschossen, nicht einmal vor Engerln macht die Zerstörungswut dieser Chaoten halt, so ein herziges Engerl, nur der kleine Schnurrbart ist ein bisserl eigenartig, sie legen das blutige Engerl zwischen die achttausend Kerzen. Inzwischen hat eine steirische Terrorabwehrspezialeinheit die Position des Schützen ausfindig gemacht und das Haus gestürmt, der Schütze wirft das Gewehr weg und gibt auf, man reißt ihm die schwarze Vermummung vom Kopf, es ist wirklich Gottfried. Als er abgeführt wird, erblickt er mich unter der Menge, du weißt, daß ich es nur für dich getan habe, ruft er, ach so ist das, sagt ein grüner Polizist und läßt die Handschellen über meinen Gelenken einklicken. Das Engerl Adolf spuckt inzwischen Blut, gleich löscht der Wind sein Leben aus wie die Kerzenflämmchen; daran, daß ich mit Handschellen herumlaufen muß, bist also du schuld Gottfried, du hättest die Fähigkeit, sie mir abzunehmen, aber du sitzt selbst im Gefängnis, in einem Gefängnis mit hohen Mauern, einem eleganten Gefängnis. Du hast eine schöne geräumige Zelle, zweihundert Quadratmeter groß, ein sehr soziales Gefängnis, das Essen ist nicht schlecht, Filet Wellington dann und wann, ab und zu ein Tomatensüppchen mit Kerbel. Die Insassen kochen selbst, das gehört zur Therapie, es ist eine Gemeinschaftszelle, meist sind es vier, in einer Ecke steht eine glänzende Standuhr, die hat der Gefängnisdirektor von seiner Großmutter geerbt und den Insassen zur Verfügung gestellt, die Standuhr schlägt jede Viertelstunde. Manchmal sind die Schläge etwas dumpf, da stößt das Pendel an das siebente Geißlein, das sich darin versteckt hat, das siebente Geißlein, das Gespenst der Freiheit, die übrigen sechs hat der Wolf schon gefressen. Das siebente ist am Verhungern, nach deiner Entlassung, bei der du neunundsiebzig Jahre alt sein wirst, wird man die Zelle reinigen, die Putzfrau wird die Standuhr öffnen, das Geißlein wird ihr entgegenfallen, du wirst vor dem Tor der Strafanstalt stehen und in die Sonne blinzeln, die Arme ausstrecken und sagen, endlich frei. Mit neunundsiebzig fängt das Leben erst an, leider stirbst du zwei Monate später an einer durch Bewegungsmangel bedingten Herzschwäche, deine Zelle hat vergitterte Fenster, du hast die Gitterstäbe noch nie inspiziert, sonst wüßtest du, daß sie aus dunkelgrau bemaltem Styropor sind, du bist zu faul, den Stuhl ans Fenster zu rücken, darauf zu steigen und sie dir anzusehen, auch zu ängstlich. Du könntest schließlich vom Stuhl fallen und dir die Zehe brechen, die Zelle hat auch einen Telefonanschluß, du kannst mit der Freiheit telefonieren, das genügt dir, du rufst mich an. Wenn es dich nicht gäbe, wäre alles noch viel schlimmer, sagst du, ich laufe in meinem Rad wie ein Hamster. Du sagst, ich kann hier nicht raus, bitte besuch mich wieder, ich brauche dich, langsam vergeht mir die Lust, so weit zu fahren, dir dann gegenüberzusitzen im Besucherzimmer, dein Gesicht vom Gitter fein zerschnitten zu sehen. Wir müssen leise reden, denn der Beamte steht neben uns, ich habe dir schon öfter einen wohlschmeckenden Kuchen mitgebracht, in jedem war eine Feile eingebacken, was hast du mit den Feilen gemacht. Sammelst du sie etwa, ich bekomme Gefängnisurlaub, sagst du begeistert am Telefon, eine ganze Woche, komm zu mir, wir werden es schön haben, wir nehmen uns ein Zimmer. Ich werde dich mit Champagner überschütten, wir werden wieder mit dem Schiff auf dem Fluß fahren, ach ja, der Fluß, ich erinnere mich, wir fuhren auf dem Schiff und schauten in die Sonne. Ich berührte dich nach Herzenslust und roch die warme Haut an deinem Hals, ich war so glücklich, daß ich Sehstörungen bekam, alles dreht sich, alles bewegt sich. Ein Schwindel erfaßt einen, ein großer Schwindel, der Schwindel des Liebeskaleidoskops, man sieht alle Sterne, in Wirklichkeit sind es ein paar farbige Glasstücke, du zeigtest mir Fotos von deinen Kindern. Die würden dir gefallen, sagtest du, da konnte ich plötzlich wieder sehen, aus dem einen Foto schautest du mir als Mädchen entgegen, im Wald überraschte uns ein Gewitter. Wir stellten uns unter eine Baumkrone, die uns einhüllte wie ein Zelt, im Schatten sah ich dein nasses Gesicht, noch früher waren wir in einem Wiener Café voll goldgerahmter Spiegel, in denen die Gäste saßen. Deine Hand lag in einem blauen wollenen Ärmel auf dem Tisch neben meiner Hand in einem glänzenden schwarzen Ärmel, ich hätte sie so gern berührt und tat es nicht. Wir waren schließlich per Sie, komm zu mir, hol mich ab, sagte Gottfried am Telefon, er malt sich aus, wie er durch das Gefängnistor treten wird für eine Woche mit einem kleinen Bündel voller Habseligkeiten unter dem Arm und frisch rasiert, wie er mich dann erblicken wird in meinem neuen Blazer mit rot in der Sonne leuchtenden Haaren. Aber er wird sich täuschen, ich werde nämlich nicht dort sein, ich werde hier auf dem Sofa sitzen und an diesem Text schreiben, einmal mehr werde ich die Literatur dem Leben vorziehen, und für dieses eine Mal werde ich recht tun; ich will etwas zum Wohnen, zum Hineingehen und Herausgehen, kein zweihundert Quadratmeter großes Gefängnis, sondern etwas Einfaches mit Ausblick über die Hügel. Wenn du nicht da bist, fliege ich sofort nach Graz, sagt Gottfried, ja, aber du wirst mich nicht antreffen, ich werde in Italien sein, in einer Stadt, die von dicken Mauern umgeben ist, ich werde die rostigen Zugbrücken vor deinen Augen hochziehen und durch die Schießscharten heißes Pech auf dich gießen. Atemlos wirst du ankommen, in die Telefonzelle vor meinem Haus treten und sagen, ich bin da, ich bin viel zu schnell gefahren, bei Peggau hat mich die

Polizei aufgehalten, es droht mir eine Anzeige, was mache ich, wenn sie an meine Adresse geschickt wird. Ich habe zu meiner Frau gesagt, daß ich auf einer Tagung in München bin, ich bin verzweifelt, laß mich ein, geh zum Kuckuck, werde ich dann sagen, zweimal zusperren und einen großen Schrank vor die Wohnungstür schieben. Dann werde ich mich wieder auf das Sofa setzen und das wenige von dir wegschreiben, das noch übrig ist, nach zwei Tagen wird die Hausbesorgerin bei mir läuten, gehört das Ihnen, wird sie fragen und auf den kleinen Kleiderhaufen weisen, der auf dem Fußabstreifer liegt. Geben Sie es der Caritas, werde ich sagen, die Sonne im März, vorgestern bin ich in Spiralen auf einen Berg gestiegen, an einem Mann vorbei, der ein Schiff anstrich, auf dem Gipfel lag eine große freie Wiese mit frischem Gras. Auf diese Wiese werde ich mich setzen, wenn du weggeschrieben bist, es wird mir ein Genuß sein, links von mir werden Primeln blühen, rechts von mir blaue Leberblümchen. Zu meinen Füßen ausgebreitet wird die Stadt liegen, ich werde meine Jause auspakken, kaltes Backhuhn, und essen, ich werde über die grüne Wiese schauen und in der Erinnerung die beiden langen Schatten sehen, die Gottfried und ich auf die grasbewachsene Kuppe eines anderen Berges geworfen haben, schmale lange Schatten am Nachmittag, deren Köpfe sich einander nähern, aber erst im Unendlichen berühren wie Parallelen. Schreibend den alten Abhängigkeiten ein Ende machen, her mit der luftigen Freiheit, irgendwo oben werde ich sitzen, oben, wo die Luft dünn ist, auf dem

Berg, auf dem Geröll neben der Gletscherzunge, man glaubt gar nicht, wie warm die Sonne dort scheint.

Schauplatzwechsel, Szene wieder eine ländliche Idylle, ein locus amoenus an einem See, vom Balkon herab dringen durch die offene Tür Cellotöne, erzeugt von einer kleinen Preisträgerin aus Taiwan mit zwei roten Steckkämmen im Haar und einem Kleid mit Puffärmeln. Ihre Schwester begleitet sie auf dem Klavier, sind Cellisten angenehme Leute, weil ihr Beruf sie in eine entspannte Körperhaltung versetzt, Violinisten dagegen starr und spröde, weil sie die Geige mit verzogenem Gesicht zwischen Kinn und Schulterblatt klemmen. Solche Fragen führen uns in den Bereich der Psychosoziologie, dorthin will ich aber nicht, jetzt werden die Cellotöne durch Klaviertöne abgelöst, ich hatte einen starren und spröden Klavierlehrer, der meine Aufgaben in einer spitzwinkeligen Schrift Punkt für Punkt in ein Heft eintrug, meist waren es sieben. Daß Klavierspielen gut gegen Heimweh ist, kann ich bezeugen, vor einigen Wochen habe ich nach langem wieder gespielt, in einem Geisterhaus im Süden, weil ich mich dort nicht wohlfühlte, so ein schönes Haus, so ein schönes Haus, beteuerte ich ununterbrochen vor lauter Schreck, das Haus hatte eine von Geißblatt umrankte Holzveranda mit einem schönen Ausblick über die Hügel. Aber das nützte wenig gegen die Geister in allen Ecken, auf dem Klo lag der Briefwechsel eines Schriftstellers mit Lektoren und Verlegern, als Papier zu verwenden, in den hinteren beiden Ecken dieses kleinen Raumes saßen in durchhängenden Netzen übereinander mehrere große Spinnen, manchmal mit ausgestreckten Beinen, dann mit eingezogenen, wie Kugeln, einmal flatterte ein dunkler Nachtfalter duchs Fenster. Hoffentlich erwischt sie ihn nicht, dachte ich, am nächsten Morgen saß die schwarze Spinne reglos auf dem reglosen schwarzen Falter, was sind die Spinnen, sind es die Spinnerinnen der schwarzen Gedanken, der feinen Gebäude, in denen man sich bis zum Wahnsinn verfangen kann, in der Nacht liefen Ameisen über mich hinweg, eine ganze Straße. Ein Traum, die Truppen mit dem Papst an der Spitze kamen und machten sich über meinen Körper her, es war die Invasion des Papstes, und die Gardisten marschierten in Zweierreihen von meinem linken und rechten Fuß aufwärts, im Gleichschritt mit ihren Pumphosen und Hellebarden, die Tiara des Papstes war mit grellgrünen Neonröhren beleuchtet. Er besprengte meine Haut mit Weihwasser aus einem eiförmigen Teesieb an einer Kette, auf meinen Knien pflanzten die Gardisten Banner auf und rammten mir ihre Hellebarden ins Fleisch, dann marschierten sie weiter auf meinen Oberschenkeln, bis sie an den Oberschenkelinnenseiten auf glattes, abschüssiges Gelände gerieten und abrutschten, wobei einige sich im dunkelbraunen Haar verfingen, selbst der Papst sank ein. Nur die grellgrüne Tiara war noch zu sehen, die Gardisten zogen ihn heraus und begannen, Stricke von links und rechts über meinen Körper zu ziehen, so wie die Bewohner von Liliput Gulliver gefesselt hatten, sie liefen hin und her auf mir. Ich konnte mich immer weniger rühren, der Papst wurde größer, sprang auf meinem Brustkorb auf und ab und schrie, ach, wie gut, daß niemand weiß, daß ich Rumpelstilzchen heiß; ich hatte die Bettwäsche mit dem Himmel und den Wolken mitgebracht und trug sie über die Stiege in den ersten Stock. Sie war sauber und duftete, ein Gegenzauber, vor Jahren wohnte ein reiches älteres Fräulein in dem Haus, eine Winzerin mit vielen Fässern Wein im Keller, damals war es noch kein Geisterhaus. Wie ist es dazu geworden, eine Puppenmacherin wohnte später darin, ein Schriftsteller, ein Musiker, ein Klavierspieler, das Narrenhaus nennen es die Bewohner des Dorfes, ein Bankbeamter hat es gekauft, er wird es restaurieren. Den Putz klopft er schon von den Außenmauern, aber das nützt nicht viel, es nistet im Inneren, der gegenwärtige Bewohner sitzt bei schlechtem Licht im Haus, er schraubt keine Glühbirnen ein, abends dreht er das Licht im Klo an und macht die Tür auf, damit es im Vorhaus nicht stockfinster ist. Die schmutzige Klomuschel leuchtet wie ein Altar, an einem kaum sichtbaren Holzstock vorbei, in dem ein Beil steckt, tastet man sich über eine Holzstiege an einem Geländer aus Strikken betrunken in den ersten Stock, hinein in ein luftiges Zimmer; vor zwölf Jahren, als ich den Bewohner des Hauses noch nicht kannte, sah ich ihn am frühen Morgen schwarzgekleidet in einer Straßenbahn. Er küßte ein Mädchen, mit dem er die Nacht verbracht zu haben schien, ich beneidete das Mädchen ein wenig, schwarz wie eine Katze sucht er die Liebe, er muß sie finden, er sitzt am Klavier im Zimmer mit dem Kachelofen. Ein Plastiksack schmilzt an einer Kachel, ein Blumenstrauß steht auf dem Tisch, Waldmeister, ich habe ihn gepflückt, im tiefen tiefen Wald, bin vom Weg abgewichen beim Blumenpflücken, wohin des Weges, Rotkäppchen, wenn ich das wüßte, wäre ich schon dort. Ich bin immer noch unterwegs, schon so lange, ich möchte jemandem, der krank und gütig ist, etwas Schönes schenken, ihn gesundmachen, aber ich habe Angst, daß er weder gütig noch krank ist und plötzlich zähnefletschend aus dem Bett springt. Ach Wolf, ich habe so viele Ängste, vor Räubern, Feuer und bösen Geistern, der Waldmeisterstrauß bannt die Geister nicht genug, sie rühren sich, sie rühren sich, es knistert im Gebälk, Kuchen ist kein Gegenmittel, Wein schon eher. Er muß strömen, zäh und schwer, kalte Hände legen sich in der Nacht hart auf einen, das Wirksamste gegen diesen Hexenzauber ist ein Mädchen, das reinen Herzens ist, das scheue, wilde Einhorn legt den Kopf in seinen Schoß und schläft ein, ein Mädchen wie auf Wandteppichen, eine Jungfer zart von guter Art mit einem Gesicht wie Isabelle Adjani. Wir waren zu viert in diesem Haus, für ein paar Tage, Gott sei Dank hatten wir die Jungfer bei uns, sie brachte Essen, sie kochte, sie zeichnete ihren Freund von hinten und umarmte ihn. Sie lachte mit schönen Zähnen, der betrunkene Mann in der Buschenschank sagte, wo sind denn die zwei Frauen, bring die Junge wieder mit, oder wenigstens die Ältere, es ist schwer, viel zu wissen und doch reinen Herzens zu sein. Es ist schwer, unschuldig zu altern, unmöglich ist es nicht, das unbeschriebene Blatt wird beschrieben, das Leben ist keine tabula rasa, deren Schrift vollständig gelöscht werden kann, auch Tintentod hilft nichts. An der Wand erscheint eine Schrift, mene, mene, tekel uparsin, wenn das unbeschriebene Blatt schon nicht weiß und rein bleiben darf, dann will ich es vollschreiben mit meiner rechtsgeneigten Schrift, randvoll, am unteren Ende wird die Schrift immer kleiner, möglichst viele Buchstaben müssen Platz haben auf dem Blatt. Man muß den Platz ausnützen, es ist erstaunlich, was dieses Fließen aus dem Handgelenk alles zutagetreten läßt, ein unterschwelliges Grauen, eine unterschwellige Seligkeit, die Schwelle zum Unbewußten, dein Unterbewußtsein funktioniert besser als dein Bewußtsein, sagte Angel, Schwellenangst. Im Zuge der geschlechtlichen Erregung der Frau schwillt dies und das deutlich meßbar an, welchem Gockel schwillt hier der Kamm, so ergibt eins das andere, die Schrift läuft und läuft, ich habe Dinge erlebt, unter der Schwelle liegende Dinge. Ein Zwischenraum hat sich aufgetan, seither ist alles anders, über diesen Zwischenraum hinweg rettete mich das Schreiben, aber was ich in diesen Zwischenraum hineinschrieb, steht auf anderen Blättern. Nur einer hat sie gelesen, der Schulmediziner, es sind Beschwörungsformeln gegen die Angst, sagte er, es geht um Schuld und Strafe, warum habe ich dieses Strafbedürfnis, frage ich und schaue ihn an. Wer hat mir eine Schuld aufgeladen, im Grunde ist es eine Art religiöses Problem, vielleicht solltest du ins Kloster gehen, lacht er, das ist mein Ernst, wir sitzen unter Kastanienbäumen in einem Gastgarten. Schlaff hängt er in seinem Sessel und schiebt mir die Pillenschachtel hin, das Gesicht ist weniger empfindsam als offen, staunend, ein passives Kindergesicht, das seinen Ausdruck plötzlich ändert und scharf beobachtet, klug werde ich nicht aus ihm. Was hat er mit meinem Einbruch in diesen Zwischenraum zu tun, gerade er, ich habe ihn hineingezogen, ich schreibe jetzt über diesen Einbruch, Koketterie hat dabei nichts verloren, du spielst, sagt er. Das ist etwas Schönes, ja, ich spiele, immer habe ich gespielt, sage ich traurig, das, von dem ich dachte, daß es den anderen gefällt, den Männern, ich wollte ihnen damit eine Freude machen, ihnen zu Diensten sein, ihre Freundschaft gewinnen, sie haben es mir schlecht vergolten. Habe ich denn falsch gespielt, haben wir mit offenen Karten gespielt Gottfried, ist es nicht gleichgültig, es geht um das Spiel, das Spiel der Gefühle, man weiß selbst nicht, ob sie echt sind; hätte ich Geisha werden sollen, oft hält man das Spiel für Ernst, den Ernst für Spiel, wo ist die Grenze. Die Grenze ist wichtig; was passiert, wenn man die Grenze überschreitet, du bist kokett, sagt die Freundin, du flirtest mit deinem eigenen Bruder, dein armer Bruder. Ist die Liebe ein grausames Spiel, ein Katz-und-Maus-Spiel, die Katze tätschelt die Maus ein wenig, aber ich habe das Spiel doch ernstgenommen, rufe ich, es ging mir um Kunst, Liebeskunst, ich spielte in vollendeten Filmen, in denen man sehr liebt, oft sah ich mich von außen. Aber ich habe doch die Spielpartner respektiert, rufe ich, ach was, männerfressend bist du, sagt die Freundin, keiner kann sagen, ich hätte nicht hoch gespielt, ich habe verloren, Gottfried hat mich verrückt gemacht, bleich gemacht, krank gemacht, dahingesiecht bin ich, getrunken habe ich, ach was, du mußt ernster werden, sagt die Freundin; es hat lange geregnet. Jetzt hat es aufgehört, langsam steigt der Nebel den Berg hoch, ich bin wieder am Ausgangspunkt, in St. Ulrich, von wo ich von Anfang an wegwollte. Ich bin freiwillig hier, wie jemand, der sich aus Einsicht in irgendeine Heilanstalt begibt, die Haltung ist abwartend, ich suche Erholung von der Liebe, von Gottfried. Ich suche den Ursprung der Liebe, der Angst, ich bin zurückgegangen, um mir alles noch einmal anzusehen, um wieder hineinzutauchen in den See, ich war nie woanders, ich war immer in St. Ulrich, auf allen meinen Reisen. Nie habe ich mich gelöst, vielleicht finde ich auf dem Grund des Sees, was ich suche, vielleicht werde ich es in die Hand nehmen können, dieses Glitzernde, und wieder fallenlassen, ich tauche hinab. Man muß die Angst vor der Schwärze verlieren; vor ein paar Tagen ging ich im Regen zum Grab der Großmutter und des Großvaters, den Weg über dem See entlang, die Tropfen schlugen auf dem Boden auf und spritzten auf meine Hose, weinend stand ich vor dem Grab, der Kirchturm stach spitz in den Himmel. Auch am schattigen Grab der anderen Großeltern stand ich und weinte nicht, meine Mutter stellte eine Schüssel mit rosa Blumen darauf und sagte, wenn sie ihn damals nicht niedergefahren hätte, wäre er sicher steinalt geworden, was geschieht in jedem Augenblick. Schuld sammelt sich so leicht an und wird so schwer abgetragen, ein Sterbender ließ mir auf einer Karte schreiben, ich solle ihn besuchen, ich tat es nicht, ich war ein Mädchen und wollte nichts zu tun haben mit dem Tod. Was geschah im Zwischenraum der Angst, alle Wahrsagerinnen flatterten um mich herum und zischten mir Böses zu, ich sehe zwei, die schon gestorben sind, sagte die eine, wer sind sie denn, seien Sie auf der Hut vor diesem Mann, er will Ihnen etwas antun, sagte die andere. Ich lag im Bett, starr vor Angst, jemand könnte durch die verschlossenen Türen gehen, durch die Wohnungstür, durch die Balkontür, Glas würde splittern, ein Messer würde aufblitzen, komm und mach mir ein Zusatzschloß, bat ich den Vater. Der Vater kam und baute es mir ein, was für eine Sicherheit suche ich, die tiefste, Sicherheit vor der Liebe, Sicherheit vor dem Tod, ich hatte Träume, ich stand vor einem Automaten und wollte für zwei unbekannte Männer Zigaretten herausholen, aber immer fiel etwas andere aus dem Schlitz. Die Männer wurden langsam ungeduldig, eine Frau in einem Haremsgewand kam durch die versperrte Tür, setzte sich auf mich und sagte drohend, ich werde sie schon zum Brüten bringen, ich brüte über meiner Angst. Was brüte ich aus, ein Ei, ein Kind, nein, nur Gedanken, diese geistigen Kinder, mißgestaltet und schön, je nachdem, man geht durch das Leben wie durch Spaliere, die der Tod einem öffnet. Man geht wie durch das Rote Meer, die Wasserwände erheben sich links und rechts wie Bergkristall, man geht den Grat entlang, mit traumwandlerischer Sicherheit, wie man sagt, unten ist der Tod, einmal hing ich in einer Felswand. Wir hatten kein Seil, die Stimme des Freundes kam von oben, jetzt tritt auf dieses Grasbüschel, nein, sagte ich, ich trete nicht darauf, es wird nicht halten, glaub mir, es hält, sagte er, ich bin selbst darauf gestiegen, nein, sagte ich und bewegte mich weder vorwärts noch rückwärts. Meine Knie begannen stark zu zittern, ich hatte Angst, ich könnte mich nicht halten, das nennen die Bergsteiger die Nähmaschine, sagte der Freund später, da suchte ich meine eigenen Tritte und war mit ein paar schnellen Schritten am oberen Ende der Wand. Ich ließ mich ins Gras fallen und weinte, Erde, Wasser, Luft und Feuer; in Korsika gerieten wir mit dem Auto in ein Feuer, wir waren zu dritt, einer war Angel, ich schrie den Fahrer an, er solle mitten durch das Feuer fahren, doch er legte schnell den Rückwärtsgang ein, wir fuhren ins nächste Dorf und riefen die Feuerwehr an. Ein Hubschrauber löschte den Brand, leicht so leicht greift das Feuer um sich, wenn der richtige Wind weht, neben der Autobahn wachsen tausende von blauen Lupinen, um das Erdreich zu festigen. Lösch die Lupinen! Sind die härteren Tage schon da, wieder stehe ich auf dem Eis des Sees wie als Kind, was ist, wenn das Eis einbricht, was ist, wenn es schmilzt, weil plötzlich Föhn einsetzt, man erträgt die Ungewißheit nicht. Deshalb fällt man den Prophetinnen in die Hände, die einen für diese Angst mit mehrdeutigen Sprüchen bestrafen, Pythia sitzt über dem Spalt in der Erde, aus dem sie ihr Wissen bezieht, ihr Stuhl hat drei Beine, sieht sie aus wie die Frau Anzinger. Hat sie eine Heimdauerwelle und eine Plastiktischdecke über der Kreuzstichdecke, auf der sie die Karten ausbreitet, alte Schnapskarten, machen Sie sieben Päckchen und tun Sie zwei Wünsche, was frage ich auch immer, vielleicht hatte die Mutter recht, als sie sagte, frag nicht so blöd. Vielleicht sollte ich Gedichte schreiben, vielleicht sollte ich eine Reise machen, aber ich habe ja eine gemacht, eine Alptraumreise, warum bin ich auf diese Reise gegangen, sie fiel mir so schwer, die Freunde rieten mir dazu. Sie glaubten, die Reise würde mir die Angst nehmen, sie sagten, steig ins Flugzeug, denk an das Meer, an die weißen Häuser der Stadt, ich flog auf eine Insel. Angel erwartete mich, wir haben einander schon oft erwartet, so wie Gottfried und ich, mit der Angst setzte das Ohrenklingen ein. Der Ohrenarzt führte es auf Durchblutungsstörungen zurück und verschrieb mir die Vitamine A und E sowie ein Medikament mit Antihistamineffekten, es könnte einem ja auch jemand einen Dämon angehext haben, einen, der durch die Ohren ein- und ausfährt, damit rechnet die Schulmedizin natürlich nicht, also wenn du ernsthaft glaubst, daß du verhext bist, dann fängst du zu spinnen an, sagt der Schulmediziner. Was heißt ernsthaft, sage ich, ich spinne mir etwas zusammen, hin und her laufen die Fäden, das Gewebe wächst, was soll sich darin verfangen. Dornröschen sitzt im Turm und spinnt, es sticht sich an der Spindel und sinkt in einen hundertjährigen Schlaf, alle schlafen mit, der Prinz bahnt sich den Weg durch die Hecke, aus den Dornen werden Blumen, er küßt sie aus dem Schlaf, spinne ich deshalb, träume ich deshalb, soll der Prinz mich finden, bin ich nicht anders als die Mütter, von denen ich mich abgrenzen wollte. Soll die Angst mich die Liebe lehren, welche dreizehnte Fee wurde zu meiner Taufe nicht eingeladen und quält mich jetzt, vielleicht kommt der Tag, an dem sie mir nichts mehr anhaben kann, spinn, spinn, meine liebe Tochter, ich erkannte Angel am Flughafen gleich. Wir übernachteten in einem strengen alten Palast mit schweren dunklen Möbeln und einem kleinen Innenhof voll Blumen, komm in mein Bett und halte mich, ich habe solche Angst, sagte ich am nächsten Morgen, während der folgenden Tage brach die Oberfläche ein. Ich bekam einen Begriff von der Schwärze, ich kenne diese Inseln von früher, wir fuhren in den tiefen Radspuren über die rote Erde, am Straßenrand wuchsen hohe Fenchelstauden, Angels Cousin würzte den Fisch damit, den er selbst gefangen hatte, Fenchel und Fisch. In der Nacht neigten sich die gelbblühenden Dolden über den Weg und streiften die Windschutzscheibe, der Cousin nahm den Fisch mit dem Messer aus, der Silberglanz wird durch Reflexion des in den Schuppen abgelagerten Guanins hervorgerufen, kalter Fisch, Symbol des Todes, aber auch der Fruchtbarkeit, es gibt Götter in Fischgestalt, das Wort Menschenfischer war mir immer unheimlich. Ein Mensch hängt an einem riesigen Angelhaken, sein Gaumen ist durchbohrt, ein riesiger Fisch steht aufrecht am Ufer und hat die Rute in der Hand; als er mich zum ersten Mal sah, sagte der schwarze Cousin lächelnd, dich kenne ich ja, sein Haus war von aufgeworfener roter Erde umgeben. Auf seiner Terrasse standen viele verschiedene leere Stühle, aus der roten Erde ragte ein schöner toter Baum wie eine Skulptur, wir gingen die Zeilen der kleinen Pfirsich- und Orangenbäume ab und hoben die herabgefallenen Früchte auf, dann pflückten wir die Feigen und kochten Marmelade ein. In meiner Reisetasche nahm ich zwei Gläser nach Österreich mit und dachte, hoffentlich bricht das Glas nicht, diese Insel ist etwas Besonderes. Auf ihr gibt es keine Giftschlangen, man hat versucht, sie dort anzusiedeln, aber es ist nicht gelungen, wir gingen hinab zu einem versteckten Strand, aus den riesengroßen Steinblöcken dort hatte man mit Steinsägen schiefe Quader herausgeschnitten, wenn man das verbleibende Gestein anschaute, verschob sich die Perspektive. Es wurde einem schwindlig, später stiegen wir hinauf auf einen hohen Felsen über dem Meer, da stand ein runder weißer Turm im Wind, ich kletterte durch das kleine Fenster hinein, in dem runden Raum stand ein Bett, eine kleine Stiege führte auf das Dach, von wo aus man auf eine vorgelagerte Insel in Form eines Hundes blickte, der Cousin sprach von den Energien dieses Ortes. Er stellte mich in den Mittelpunkt der Dachfläche und ich hörte meine eigene Stimme von außen, als ich etwas sagte; beim Hinaussteigen durch das Fenster blieb ich in der Öffnung stecken, der Cousin zog auf der einen Seite, Angel schob auf der anderen, den Strand entlang streifte die schöne Maria, die zauberkundige Frau mit den wehenden langen Haaren und dem wehenden langen Gewand. Sie hielt sich ans Wasser, vielleicht vergesse ich ihr Gesicht nie, your heart line is not very good, sagte sie, disappointments, sie schlug große Tarotkarten auf, immer wieder erschienen die Schwerter. Sie wurde unruhig, eine merkwürdige Unruhe, schrie das junge Paar am Nebentisch an, es möge nicht zusehen, und bat mich, ihr ein kleines Stück Karton von meinem Schreibblock zu geben, this is exhausting, you know, sagte sie und drehte sich mit Hilfe des Stückchens Papier einen Joint, was hat sie gesehen. Was wollte sie von mir, wollte sie mir helfen oder mich schädigen, ich gab ihr nicht sofort das Geld, das sie verlangte, nun war ich ein zweites Mal auf diesen Inseln, und Maria schien mir riesengroß über ihnen in der Luft zu liegen. Warum hatte ich das Gefühl, der Tod sei mir nahe wie noch nie, mit Angel schleppte ich mich durch die Straßen, verfolgt, von wem, von einem Todfeind, wer ging mir nach, jemand, den ich kannte, er wollte mich töten, er wollte sich rächen, ein Geldtäschchen lag auf der Straße. Ich ließ es liegen, kurz beruhigte ich mich, als wir in ein Geschäft traten, in dem es Holzarbeiten zu kaufen gab, lackierte Einlegearbeiten aus eingefärbtem Sperrholz, ein alter Mann zeigte uns, wie sie gemacht wurden. Er zog eine kleine hölzerne Spieluhr auf; während sie erklang, dachte ich an meine Freunde, dann gingen wir in ein großes Restaurant, der Tod folgte uns durch die Gassen, ich aß kaum etwas, Angel fütterte mich, ich brach fast zusammen, der Tod stand hinter mir. Ich stürzte an den Schanktisch und rief meine Mutter an, bat sie um Verzeihung, wir fahren ans Meer, sagte Angel, sobald du ins Wasser gehst, wirst du neugeboren sein, und er schrieb auf eine Serviette BIG CRISIS BIG CHANGE. Ich kleidete mich an, wie um mich für einen Schwertstreich zu wappnen, das Hemd, das mir eine Freundin geschenkt hatte, als Kettenhemd, die Bluse, die eine andere für mich ausgesucht hatte, als Panzer, so wollte ich ins Meer gehen, eine wenig überzeugende Sexbombe aus einem schlechten Hollywoodfilm, eine klägliche Ophelia, ein Abklatsch meiner Großmutter. Das Parfum, ein Geschenk des Bruders, würde mich umgeben wie eine undurchdringliche Aura, ich hatte solche Angst, daß mir alles zum Ritual geriet, jedes Wort, jede Geste, die Oberfläche war geborsten, was lag darunter, ein Spiegel oder ein Zerrspiegel, was ging vor. Was geht vor, als Angel mich in einem Café ein paar Minuten alleinließ, überstand ich die Zeit nur, indem ich eine Ansichtskarte an eine Freundin umklammerte und mich auf ihre Person zu konzentrieren versuchte. Die Freunde werden mich aus der Ferne schützen, dachte ich, ich blickte durch das Fenster hinaus auf den Platz, aber hier ist kein Fenster, sagte Angel und griff mit der Hand in die Öffnung, gerüstet wie ein Ritter bestieg ich das Taxi, das uns auf die andere Seite der Insel bringen sollte. Ritter, Tod und Teufel, ein schöner Kupferstich, der Ritter hält sich die zwei Gesellen mit eingelegter Lanze vom Leib, meine Lanze ist ein schwarzer Bic-Kugelschreiber, the pen is mightier than the sword, was für eine Platitüde, gebe Gott, daß etwas daran ist, mit dem Taxi fuhren wir über das Land, ich hielt mich an Angel fest, am Ende der Reise standen wir zwei alten Frauen gegenüber, einer großen und einer kleinen, hinter ihnen leuchtete violett eine Bougainvillea. Bei ihnen bin ich in Sicherheit, dachte ich erleichtert, als ich in ihre Gesichter schaute, was läßt mich plötzlich Schutz suchen bei Frauen, nie habe ich Frauen getraut, was kehrt sich hier um. Was spielt sich hier ab, wir gingen zum Strand, sehr langsam ließ ich mich von den Steinen ins Wasser, schwamm vorsichtig ein paar Meter und zog meinen Badeanzug aus, ich ertrank nicht. War das die Wiedergeburt, aber das Ohrenklingen begann wieder, wie ein Schatten von etwas Verhextem lag es über dem Meer, wir gingen zurück zum Haus der Frauen. Angels Mutter und Angels Tante erwarteten uns, zwei gütige Nornen, das Geländer der Terrasse war brüchig, die Tante saß in einem Stuhl und strickte an einem rosa Bettjäckchen für die Mutter, she's my baby, sagte sie, zwei ungleiche Schwestern. Hinter der Brille verschwammen die schönen Augen der Mutter, ich hatte Sie mir anders vorgestellt, viel strenger, sagte ich zu ihr, wie einen Feldwebel, aber sie ist genau das Gegenteil, sagte die Tante. Angels Mutter, zart und zurückhaltend wie er, ich hatte eine Galerie, aber meine Kinder hielten nicht viel davon, sagte sie und zeigte mir die Fotos von ihren Töchtern, gestern haben sie mir den Gips abgenommen, wandte sie sich an ihren Sohn und versuchte den dünnen linken Arm zu beugen. Ich kann ihn noch nicht richtig bewegen, zwei Witwen, die Tante hatte harte Konturen um sich herum, die Ränder der Mutter lösten sich fast in ihrer Umgebung auf, wie lila und hellblaue Wasserfarbe, ich war ihr sofort verbunden, war sie es immer gewesen, die Frau, die ich durch den Mann Angel hindurch gefühlt und gern gehabt hatte, abends tranken wir Malventee, am nächsten Morgen wachte ich auf, die Angst umfing mich wie ein Mantel, er wird mich hier finden, diese Insel ist mein Tod, ich muß sie verlassen, auch die Frauen können mir nicht helfen. Ich hatte einen gekannt, der hier gestorben war, Angel war geduldig, erfüllte meine angstvollen Wünsche, schnitt mir eine Avocado auf, gab mir Wein zu trinken, sagte, du mußt essen, iß. Den Kern der Avocado werde ich einpflanzen, noch zweifelte ich nicht an ihm, ich möchte hier ein Grundstück kaufen, sagte er, fahren wir auf den Hügel, du mußt mir sagen, welcher Platz dir gefällt, wir fuhren die kurvenreiche Straße über der Bucht entlang. Das Land war abschüssig und mit Pinien und Sträuchern bewachsen, ich werde mir ein sehr kleines Haus bauen, sagte Angel, mit einer Zeltstruktur, und davor soll eine große Terrasse sein, ich war bei meiner Wahl sehr kritisch, an jedem Grundstück hatte ich etwas auszusetzen. Schließlich entschied ich mich für einen Platz hoch über dem Meer, der Ausblick nach drei Seiten bot, ja, sagte Angel, das ist es, ich malte ihm aus, wie er hier leben würde, schmal und alt, ein Spaziergänger; ich will weg, sagte ich und wusch Tomaten. Im Spülbecken versuchte ein Weberknecht, dem Wasser auszuweichen, ich will ihn nicht ertrinken lassen, dachte ich, am Abend flogen wir in die große Stadt, wir suchten Angels Auto auf einem ausgedehnten dunklen Parkplatz, durch Straßenunterführungen fuhr er mit hoher Geschwindigkeit ins Stadtzentrum, du fährst sehr schnell, sagte ich. Ich fahre schnell, fragte er und sah mich von der Seite an, ein Mißtrauen erwachte in mir, ich habe Gedichte geschrieben und neue Bilder gemalt, ich bin neugierig, was du davon hältst, hatte er gesagt; als ich die Bilder in seinem Schlafzimmer sah, packte mich Entsetzen. Das Gesicht eines Toreros blickt über eine Mauer, er versucht etwas zu trinken, sein Mund ist eine Wunde, diagonal über das Bild zeigt sein langer Degen auf das Bett, in dem ich schlafen soll, die Spitze des Degens ist nicht mehr sichtbar, auf dem zweiten Bild ist eine Frau zu sehen, eine Mumie, eingesponnen in eine Art Kokon, ein Leichengewand, ist sie tot. Wird sie sich entpuppen, die Hülle ist leicht und zart und von einem Wind verweht, Angel liest mir Gedichte vor, über Mauern, zwischen denen man eingeschlossen ist und aus denen man sich befreien möchte. Die Mauern schützen einen aber auch vor einem selbst, wie die Haut, die verhindert, daß das Blut ausströmt, er zeigt mir Fotos von sich und seiner Familie, immer schon scheint er ernst gewesen zu sein, ein wenig steif, ich schlafe unruhig unter einer schweren Decke, erwache früh. Die Angst setzt sofort ein, was ist mit dieser Wohnung, schon einmal hatte ich ein wenig Angst vor ihr, den großen Poster von David, einen seitlich aufgestützten nackten Mann von hinten, hat Angel inzwischen in mehrere Teile zerschnitten, die er hinter Glas nebeneinander aufgehängt hat, die Angst wird stärker. Ich wage nicht aus der Wohnung zu gehen, auch Angel darf mich nicht alleinlassen, ich rufe den Bruder an und bitte ihn, herzufliegen und mich zu holen, ich denke an ihn und seine kleine Tochter, eine Welle der Liebe löst sich von mir, was läuft hier ab. Es ist eine Art Film, der auf einer ganz anderen Ebene als der üblichen abrollt, meine Handlungen werden zwanghaft, fast automatisch, ich telefoniere nochmals mit dem Bruder und flehe ihn an, nicht zu kommen, er könnte einen Unfall haben, an der Stelle, an der wir im Winter im Schnee steckten, ich bitte ihn, die Flugrettung in Wien zu benachrichtigen. Eine freundliche Frauenstimme ruft mich an, man würde mit der nächsten Maschine einen Arzt schicken, auch Angels Mutter ruft an und erkundigt sich nach meinem Befinden, ich bestehe nur noch aus Angst, klammere mich an Angel und beginne schließlich zu schreiben, auf dem Bett sitzend, während er ins andere Zimmer geht, eine Kassette einschiebt und an einem Plan zur Urbanisierung eines Flußtales zu arbeiten beginnt, die Musik beruhigt mich. Ich schreibe schnell, Wiederholungen, Beschwichtigungsformeln, um die Angst zu bekämpfen, ich beschreibe Blatt um Blatt, der Feind ist nahe, steht er vor dem Fenster, ist er schon im Zimmer. Alle Befürchtungen beginnen zu Bildern zu werden, es wird dunkel, Angel steht auf, dreht die Kassette um, öffnet das Fenster, wir schweigen, ich schreibe, er arbeitet, die Gitarre klingt, ich schaue nicht zum Fenster hin, wo ist die Gefahr. Das Denken an die Ankunft des Arztes bewahrt mich vor dem Zusammenbruch, der Schulmediziner wird durch die Tür treten und mir eine

Beruhigungsspritze geben, ich werde behütet in einem weißen Bett liegen, aber die Ankunft des Schulmediziners verzögert sich, ich halte mich mit Mühe durch Schreiben aufrecht. Der Druck des Stiftes auf dem Papier wird stärker, ich stelle mir den Schulmediziner im Flugzeug vor, meinen Retter, ich sehe ihn im Taxi, das er sich am Flughafen nimmt, vor dem Haus, auf der Stiege, es läutet, ein kleiner Schulmediziner steht vor der Tür, er ist müde von der Reise, er gibt mir ein halbes Valium. Er ist mir nicht sympathisch, ich erzähle ihm die Geschichte, Angel bietet ihm zu essen und zu trinken an, ich beruhige mich langsam, nach einer Weile geht er in sein in der Nähe gelegenes Hotel. Angel und ich bleiben zurück in der Wohnung; was halten Sie von der Wohnung, hatte ich den Schulmediziner leise gefragt, sie ist kalt, hatte er geantwortet, die Angst begann wieder. Plötzlich war es die Angst vor Angel, dem Freund, bei dem ich Schutz gesucht und gefunden hatte, ich nahm ein neues Blatt zur Hand und schrieb weiter, ich wußte nicht, was ich sonst hätte tun sollen, ich verstand meine Angst nicht. Ich war voller Schuld, dem Bewußtsein, falsch gelebt zu haben, zu leichtfertig, es ging um Läuterung, jetzt sitze ich hier, in St. Ulrich, und schaue über den Garten meiner Eltern. Löwenmaul wippt im Wind, eine breite Zeile in vielen Farben, von der Mutter gepflanzt, weiß, gelb, rosa, hellorange, dunkelorange, dunkelrot, violett, Löwenmaul, zur Gattung der Rachenblütler gehörig, man kann dem Löwen das Maul aufsperren, wenn man eine Blüte nimmt und seitlich zusammendrückt, eine große Hummel kriecht in eines der Mäuler hinein. Der Anblick der Blumen ist gut für die Augen, der Rosenstock mit den dunkelroten Rosen, die duften wie keine anderen, von meinem Vater aus einer Stadt verpflanzt, vom Balkon fallen die roten Blütenblätter der Pelargonien auf meinen Tisch, die ich mir als Kind mit Speichel über die Fingernägel geklebt hatte. Ich liebte diese blutroten Krallen, auf dem Tisch liegen Pignolikerne, der Vater füttert damit die Singvögel, ein Finkenweibchen und zwei Finkenmännchen, zwei Kohlmeisen holen sich die Kerne, sie sind scheu, aber wenn man ihnen die Kerne zuwirft, fliegen sie manchmal auf den Tisch, eine Meise ist etwas zerzaust, ein Räuber. Am liebsten habe ich den Finken mit dem kleinen Schopf auf dem Kopf, die Zweige der Obstbäumchen biegen sich leicht, ich habe den Sonnenschirm aufgespannt, es ist warm nach dem Regen der letzten Tage, eine Idylle mit einem blauen Himmel, trügerisch wie alle, weiter unten steht die Kirche mit dem grünen Zwiebelturm. Der Priester kommt aus Polen und liebt Glockenläuten, er läutet sie sehr lange, der Blick auf den See ist durch zwei hohe, sich einander zuneigende Eichen verdeckt, auf dem Gras steht die leere Gartenliege, mit einem Handtuch darauf, im Schatten darunter liegt mein Walkman, fast ein Geschenk von Gottfried, ich nahm ihm Songs auf Kassette auf. Weißt du, welchen ich am liebsten mag, sagte er, Good Feeling von den Violent Femmes, Good feeling, / Won't you stay with me just a little longer, ach bleib doch noch, sagte er, wenigstens bis du jemanden gefunden hast, der frei ist und den du wirklich gern hast, aber ich kann nicht bleiben. Ich ertrage es nicht mehr, die Gegebenheiten sind für mich ein ununterbrochener Schmerz, das Schöne ist schon ganz zurückgedrängt, du redest nur noch vom Vögeln, von nichts anderem, flüsterst wie ein Besessener, im April sahen wir uns zum letzten Mal. April is the cruellest month, wir wissen es längst, mixing memory and desire, du holtest mich an einem dunklen Ort ab, im Hotel seifte ich dich ein, wie ich es mir vorgestellt hatte; wenn aus dem Vögeln ein solcher Ernst wird wie bei uns, sollte man davon Abstand nehmen. Glaubst du nicht, die Hingabe ist zu gefährlich für mich, überfordere mich nicht, gib mir Zeit, ein Umdenken muß stattfinden, alles muß sich von selbst klären wie ein Biotop, wir saßen in Cafés herum. Ich klopfte ein Frühstücksei auf und weinte, ich halte meine Ehe für glücklich, sagtest du, die Kinder sind noch zu klein. Aber was willst du denn dann, willst du mich quälen; als ich weinend im Bett lag und der Schmerz am größten war, drehtest du mich herum und begannst mich zu streicheln, mit der Zunge an meinen Brüsten zu spielen, es gefiel dir. Torture me / Take my skin, eat my flesh / 'Cause it's fresh, aber so frisch ist es gar nicht, bei strahlender Sonne saß ich im Volksgarten und beobachtete traurig die Späße des Kellners, am Nachmittag fuhren wir an die Alte Donau, du saßest mir gegenüber und schautest mich ohne Liebe an. Ich fand dich schön, so wie ein paar Stunden später, als du im Bett lagst, von weichem Licht angestrahlt, die braune Brust zum Teil vom Leintuch bedeckt, du schaffst es schon, sagte ich und war überzeugt davon, ich tröstete dich noch, weißt du, wer mein Vater war, sagtest du. Aber das interessierte mich nicht, wir fuhren durch eine Straße, und ich legte ihm lächelnd den Arm auf die Schulter, da fuhr er mich an, bist du wahnsinnig. Das Haus, in dem ich wohne, ist ganz in der Nähe, dabei war seine Familie gar nicht in Wien, in der U-Bahn stieß er mich hart, weil ein Bekannter eingestiegen war, auf dem Weg zum Flughafen sagte ich, für mich ist es zu Ende. Ich muß mich schützen, du schwiegst, aber am Flughafen verabschiedetest du dich sehr schnell von mir, warum, weil du mich sonst geschlagen hättest, holt dein Arm automatisch aus, ich saß bei den Freunden, bleich und schlaflos. Nimm ein Bad, sagten sie, ihr Kind blieb im Badezimmer und wusch mich spielerisch mit einem Schwamm, dreh dich um, sagte es, was hast du da für einen Fleck. Komm, ich wasch dir auch den Kopf, danach wusch ich dem Kind die Haare, naß standen wir voreinander, wie zwei Teufel, lachte es, auch Stefan wusch mich wie eine Kranke, als ich in der Badewanne lag, zögernd und barmherzig. Ist die Badewanne ein Taufbecken, in dem ich untertauchen muß, ist die Taufe auch ein Dämonenabwehrzauber; wenn es dir nur hilft, sagte der Freund und strich über mich, ich mach dir einen Tee. Ich wollte, daß er alles Böse von mir abwäscht, ich möchte mich läutern, das Bedürfnis ist groß, wie ein Waschzwang, Lady Macbeth ging hin und her und wusch sich die Hände mit imaginärem Wasser, ich liege auf der Gartenliege, drehe den Walkman laut auf und schaue in die Sonne. Billy Bragg singt I don't want to change the world, / I'm not looking for a new England, ein neues England, ein Neues Jerusalem, ein Befreites Jerusalem, eine neue Liebe, Just looking for another girl, die akustische Gitarre scheppert, meine Songs, der Bruder hat sie mir aufgenommen, viele Kassetten, meine Verbündeten. Strange little girl, where are you going, fragen die Stranglers, wohin gehst du, fragte der Wolf, der Bruder lernte die Schwägerin auf einem Maskenfest kennen, ihm waren die Hände gebunden, denn wir hatten ihn in eine Zwangsjacke gesteckt, die Zwangsjacke war ein von der Mutter an den Ärmeln zugenähter Karateanzug, um die Augen hatten wir ihn blau und schwarz geschminkt. Er trug ein weißes Käppchen, er war hilflos, ich mußte ihm zu trinken geben, er wagte den Tanz mit der Schwägerin, ich hatte mich als Wolf aus dem Märchen verkleidet, trug eine Wolfsmaske aus Pappe, darüber meine Nickelbrille, und ein geblümtes Flanellnachthemd mit einer Nachthaube aus demselben Stoff. Mir war sehr heiß, der Freund war schwarz gekleidet und hatte einen hohen Zylinderhut auf dem Kopf, wo sind die Freunde von damals, wir saßen zu sechst um einen Tisch und aßen, der Bruder war dabei. Es gab immer etwas zu lachen, keine Künstler sind aus ihnen geworden, alle haben feste Anstellungen und kinderliebe blonde Frauen, Kunst und Kinder, schließt sich das aus. War denn alles nur Gerede, mir war es ernst, ich gehe nach New York, als Rockmusiker muß man eine Zeitlang in New York gelebt haben, hatte der eine immer gesagt, Kunst ist die höchste Form von Hoffnung, eine weitere dieser wahren Platitüden. Und wie ist das mit Kindern, auch eine Hoffnung, zu Fleisch geworden, Bergman ist siebzig, der zweiteilige Fernsehbeitrag über ihn war mir ein Trost, sein Leben lang hat er nie aufgehört, die Dämonen der Kindheit zu bekämpfen, der war doch mit Ingrid Bergman verheiratet. Ich weiß genau, daß er mit Ingrid Bergman verheiratet war, sagt die Mutter vor dem Fernsehschirm, ich weiß es ganz genau, er war ihre große Liebe, ihre große Liebe, ihre große Liebe; wieder sitze ich unter dem Sonnenschirm, mein neuer Platz, Plätze zum Schreiben sind rar, ein Sofa, eine Dachterrasse, ein runder Tisch und ein gestreifter Gartensessel unter einem gestreiften Sonnenschirm, der Vater arbeitet. Er lädt Holz von einem Holzstoß auf eine Scheibtruhe und führt es ins Haus, die Arbeitsgeräusche sind eine Beruhigung, das Geräusch meiner Arbeit ist das leichte Kratzen des Bic-Kugelschreibers, ich sehe den weißen Kopf des Vaters hinter den Stangen der Buschbohnen, mit dem Holz werde ich Ungeziefer ins Haus tragen, sagt der Vater, aber ich muß es jetzt machen, sonst wird es feucht, die Eltern arbeiten um das Haus herum. Sie mähen das Gras, sie graben den weißen Rettich aus, sie jäten das Unkraut, sie hängen die Wäsche auf, sie gießen die Blumen und das Gemüse, die Sonne kommt durch die feinen Schäfchenwolken, sie steht hoch am Himmel, aber am liebsten ist mir ihr Licht, wenn sie am Nachmittag schräg steht, das gelbe Licht, die langen Schatten, die Handgriffe der Eltern stärken einen. Sie lassen eine reale Welt entstehen, konkrete Bilder ohne Hintersinn, eine einfache Welt wie in einem Volksschulaufsatz, ohne abhängige Sätze, Subjekt Prädikat Objekt; ich bin hier, um zu genesen vom Einbruch der Oberfläche, von den dadurch hervorgerufenen Unsicherheiten, dem Zweifel und der Angst, Angel setzte sich in der Nacht auf meinen Schoß und legte die Arme um mich. Aber deine Hände sind ja ganz kalt, sagte er, und auf meinen Armen sträubten sich die Haare, You, yeah you, / With your ice cream hands, singt Robyn Hitchcock, auf der Gartenliege lasse ich die Sonne in mich eindringen, ich schrieb und schrieb. Angel kam auf mich zu und stieß mich ein wenig, sodaß ich meinen Schriftzug kurz abbrechen mußte, Schreiben, Schreiben, sagte er, die Angst stieg, ich rief den Schulmediziner im Hotel an und bat ihn zu kommen, er kam bald, ich habe Angst vor ihm, flüsterte ich. Ich habe mir gedacht, daß es dazu kommt, sagte der Schulmediziner und saß die ganze Nacht in einem Polstersessel neben dem Sofa, auf dem ich schlief, am Morgen, beim Frühstück, lag das Messer mitten auf dem Tisch. Jeder schaute es an und redete über das Wetter, alle diese Messer, solange sie nur das Offensichtliche bedeuten, ein aufgeklapptes Messer, ein aufgeklappter Schwanz, die metaphorischen Bedeutungen sind ungefährlicher, solange es nur das Messer ist, mit dem der Jäger den Bauch des Wolfs aufschlitzt, um Rotkäppchen und die Großmutter zu befreien. Wie ist es ihnen im finsteren Bauch des Wolfs ergangen, der Messerwerfer zieht mit seinen Messern die schöne Gestalt seiner Assistentin nach, ich sehe Messer nicht gern. Ich mache die Tischlade mit den von meinem Vater gut geschliffenen Messern langsam auf und hantiere vorsichtig mit ihnen, Messer, Gabel, Scher und Licht / Sind für kleine Kinder nicht, der Großvater warf der Großmutter das Messer nach und dengelte die Sense hinter dem Haus mit einem stechenden Blick. Das Geräusch ist mir vertraut, der Vater bedroht mich scherzhaft mit einem Feitel, der Bruder bedroht mich scherzhaft mit einem Küchenmesser, ich tauche den Wetzstein ins Wasser, ein Schweizermesser ist etwas Praktisches, mit vielen Klingen zum Schneiden, mit einem Korkenzieher zur Betäubung der Angst. Aber auch Messerwunden vernarben, das Messer ist eines der ältesten Werkzeuge der Menschheit, das auch als Hieb- und Stichwaffe verwendet wurde, im Paläolithikum wurde es aus Feuerstein, im Jungpaläolithikum auch aus Schiefer und Obsidian gefertigt, Eisenmesser treten erstmals in der Hallstattzeit auf. In der römischen Kaiserzeit gehörten Messer zur verfeinerten Tischkultur, oft schon fuhr ich mit der Daumenkuppe leicht über eine Schneide, oft schon rann das Blut ins Wasser, wenn ich die Klinge beim Rasieren der Beine zu fest ansetzte, ein Kampf bis aufs Messer, das ist die Liebe zwischen Mann und Frau; neben mir liegt ein kleines Messer in einem Korb voll Johannisbeeren. Die Mutter hat sie gepflückt, sie schmecken säuerlich, die Mäuse fressen meine Sellerieknollen, schimpft sie, der Vater kommt aus dem Wald, er hat nur wenige Pilze gefunden, Eierschwämme und einen Parasol. Die sind für dich, sagt er, es geht um Gefühle, vor einer Woche fuhren wir in das Tal, aus dem meine Mutter stammt, wieder eine Idylle mit einem noch von ihrem Vater angelegten Teich, waren sie arm, aber glücklich, das Haus, das abbrannte, lag auf einem Hügel. Den Schein muß man weithin gesehen haben, wir fuhren in ein Restaurant mit einem Fischteich und aßen in zerlassener Butter gebratene Forellen, mein Hochzeitsessen, es war eine Wiederholung, ich zerteilte den Fisch systematisch, den Ehering in seinem Bauch fand ich nicht. Vielleicht hat ihn der Koch gestohlen, manches wiederholt sich, vor zwölf Jahren hüpfte ein Vogel in das Zimmer, in dem ich mit Andreas schlief, ein Rotkehlchen vielleicht, es war in der Morgendämmerung, das erste blasse Rot ging vor der offenen Balkontür auf, Andreas schlief ruhig. Der Vogel saß auf der gelb gestrichenen Stuhllehne, vor einem Monat schlief ich auf dem Sofa, wieder flog ein Vogel ins Zimmer und weckte mich durch sein schönes Gewicht, der Vater und der Bruder lieben Vögel. Sie kennen ihre Brutgewohnheiten, sie ahmen ihre Stimmen nach, Vogellaute sind gut für Rekonvaleszenten, beide Male kam der Vogel um die Sommersonnenwende ins Zimmer, die Sonne war auf ihrer Bahn stehengeblieben. Zu dieser Zeit bin ich am schönsten, da passieren Dinge, da werfe ich eine Haut ab, da springe ich über das Feuer, das Johannisfeuer verscheucht Hexen, wenn man in die Flammen schaut, stärkt es die Augen. Ein Mädchen, das das neunte Sonnwendfeuer sieht, heiratet noch in diesem Jahr, eine schwangere Frau, die über das Feuer springt, wird eine leichte Entbindung haben, lachend nahm mich Andreas an der Hand und zog mich zum Feuer, du darfst beim Springen meine Hand nicht loslassen, sagte er. Ich verlor das Gleichgewicht, weil er meine Hand so fest umklammert hielt, und fiel ins Feuer, meine Haare begannen ein wenig zu brennen, jemand löschte die Flämmchen, es roch verbrannt. Werde ich wieder springen, meine Hand in einer anderen; wenn das Mädchen geschickt über das Feuer springt, so ist es ein günstiges Vorzeichen für eine baldige Ehe, aber ich bin ungeschickt und ängstlich, werde ich wieder springen, mich wieder verbrennen. Nur Asbest schützt, aber feuerfeste Schutzkleidung ist unbequem, Feuer und Wasser, läuternd und zerstörend, für den Raub des Feuers mußten die Menschen bezahlen, Johannisnacht, Johanniskraut, auch Herrgottsblut genannt, Unserer Frauen Bettstroh, Mannskraft, Teufelsflucht, ein Heilkraut mit gelben Blüten. Wenn man sie zwischen den Fingern zerreibt, fließt ein blutroter, geheimnisvoller Saft heraus, das Öl ist gut gegen Brandwunden, Schlaflosigkeit, Nervenleiden, es sollte in keinem Haushalt fehlen, was tut der junge Jakob jetzt. Er ist schon älter, er hat einen Vollbart, er ist mit seiner Freundin in Griechenland, auch er gehört zur Zeit der Sommersonnenwende; an einem warmen Abend gingen wir auf den Schloßberg, nach einem Gewitter, das uns durchnäßt hatte, zog er Sachen von mir an, ein rotes Sweatshirt, eine beige Bundfaltenhose, ich nahm ihn an der Hand. Wir gingen durch die Ausstellung, Bilder über die mexikanische Revolution, Bilder von einer schnurrbärtigen Malerin namens Frida, die sich ununterbrochen selbst malte, ach Jakob, ich werde immer älter und immer trauriger. Ich kann nicht mit dir Drachen fliegen, ich kann nicht mit dir klettern, ich kann mit dir nicht in der Wüste herumziehen mit einem Rucksack, ich kann die Adria nicht mit dir in einem Paddelboot überqueren, du hast mich längst fallengelassen, auch wenn du sanft aussiehst und Latzhosen getragen hast. Vielleicht hasse ich dich dafür; der ist wie dein Bruder, sagte die Freundin, er muß einen schönen Körper haben, wie ein jüngerer Bruder, vielleicht nahm ich dich deshalb an der Hand, du hast mich fallengelassen, der Bruder hat mich fallengelassen. Wer von allen gehört nicht in diese Reihe, immer die Brüder, immer fördere ich sie, sie zahlen mir diese Überlegenheit heim, indem sie mich verlassen, wird das Fallengelassenwerden nie ein Ende nehmen, werden die Schmerzen nie aufhören, immer suche ich die jüngeren Brüder, immer verläuft es ähnlich. Will ich die dominierende Schwester sein, ich suche den Bruder, aber der Bruder geht bald aufs Land, zu langsamen Leuten, er geht dorthin zurück, wo wir hergekommen sind, zur Erdenschwere. Vielleicht ist der Weg auf das Land für ihn der richtige, das Rückwärtsgehen eines Krebses, er wird mit seinen Kindern Staudämme im Wald bauen, für sie Pfeifchen aus Weidenholz schnitzen, zu Ostern Fleisch und Palmkätzchen weihen, zu Weihnachten eine Tanne im Wald umschneiden, Pilze sammeln, eine Idylle, trügerisch wie alle, es gibt ja viele Möglichkeiten, es gibt da ja unendlich viele Möglichkeiten zu leben, und Gottfried, ich hasse das Land, ich hasse Hunde, ich hasse diese Einfamilienhäuschen, sagt er, die sich die ehemaligen Chefideologen der Studentenrevolution gebaut haben, unter seinem liebenswürdigen Lächeln haßt er vieles, seine Augen sind uralt, wir haben viel miteinander getrunken, oft waren wir außer uns, ich erwartete ihn nackt in einem Zimmer mit einer geschmacklosen Tapete, wir knieten auf dem Boden, du geile Sau, sagte er, ich hätte es als Kosewort nehmen sollen. Aber es verstörte mich; du bist wirklich unschuldig, sagte er später, wir saßen in einem schönen Gastgarten, du redest genau wie meine Frau, ich kaufte mir schwarze Strapse. Er schenkte mir einen Slip, aber er war nicht aus Seide, ich zog ihn an, er schob ihn zur Seite und leckte mich zart, du könntest nasser sein, sagte er, bist du der Grund für den Einbruch der Oberfläche Gottfried. Haben wir uns zuviel zugemutet, habe ich dich gesucht, so wie man den Tod sucht, ich lief durch das Café und suchte dich, schaute in alle Gesichter, du warst nicht darunter, später sagtest du, ich konnte nicht kommen. Ich war besoffen, ich suchte dich in Wien, nachdem wir uns einmal in der Nacht die Hand gegeben und Gute Nacht gesagt hatten, wer bist du, auf dem Wipfel der Fichte vor dem Haus sitzt eine Grasmücke, sie zwitschert schneidend in der Dämmerung, fliegt weg. Der Zweig wippt, der gelbe Oleander der Mutter blüht langsam auf, die Mutter entfernt mit roten Händen Blättchen von den Heidelbeeren, die wir heute gepflückt haben. Ich vergaß vieles beim Pflücken, sogar die Angst, nur wenn ich mich so weit von den Eltern entfernt hatte, daß ich sie weder hören noch sehen konnte, rief ich, Vater, Mutter;

die Heidelbeeren ließen sich leicht vom Strauch lösen. Sie waren schon ganz reif, das Sonnenlicht lag fleckig auf dem moosigen Waldboden, beim Pflücken griff man immer wieder in Spinnennetze, wir standen auf einem Hang, pflücke von unten nach oben, sagte die Mutter, dann siehst du die Beeren besser. Langsam füllte sich der Eimer, hier gibt es gefährliche Zekken, sagte der Vater, bist du geimpft, nein, ich bin nicht geimpft, gegen Zeckenbiß nicht und gegen so viele andere Bisse nicht, ich habe keine Lust, mich impfen zu lassen. Was soll mir eine Meningitis anhaben, Bewußtseinsstörungen habe ich ohnehin, stark berührungsempfindlich bin ich auch. Gibt es eine Impfung gegen meine Angst, woher kommt sie, ist es eine Angst aus einem vergangenen Leben, eine Erinnerung an etwas, das schon erlebt worden ist. Ist es die Erbsünde, weitergegeben durch die Generationen; etwas erblich belastet bist du schon, sagt die Mutter und meint die Familie des Vaters, wird eine Bezahlung für etwas verlangt, das man sich genommen hat, ohne sich viel dabei zu denken, muß ich mich ändern, innen und außen, gestern war ich beim Friseur, feste Mädchenfinger massieren einem die Schläfen beim Haarewaschen, schläfrig liest man Skandalgeschichten, Düfte von Haarfestigern und Bleichmitteln ziehen an einem vorbei, lachende Stimmen zwitschern, all die Lehrlinge mit den verrückten Frisuren, ach wissen Sie, meine Haare sind derart fein, es ist wirklich ein Problem, Infrarotlampen verbreiten Wärme, möchten Sie einen Kaffee, große Kämme werden in die großen Taschen von rosa Nylonmänteln gesteckt, sollen wir das Ohr freilassen oder nicht, gnädige Frau, Gel wird leicht ins Haar gestrichen, ich glaube, wir dürfen nur ganz wenig von der Länge wegnehmen, was halten Sie von einer kupferroten Tönung, darf ich Ihnen aus dem Mantel helfen, schnell fährt die Friseuse mit dem Kamm durch das Haar am Hinterkopf, hebt es hoch und schneidet die Spitzen weg, sehr strapaziert, Ihr Haar, eine Balsamspülung würde ihm guttun, der Lehrling kehrt meine Haare zusammen, weich wie Flaum, ein Nest, du hast die weichsten Haare der Welt, sagt Gottfried, über den See fliegt ein großer bunter Fallschirm. Ein Mann hängt daran, der an einer Leine von einem Motorboot gezogen wird, der Tag ist sehr heiß, es ist still, die Blumen stehen reglos, vor ein paar Tagen hat mein Vater den Rasen geschnitten, aber die Gänseblümchen sprießen schon wieder, Gänseblümchen und weißblühender Klee, viele Bienen. Man tritt leicht darauf, aber ich gehe trotzdem barfuß, ich lasse meine Haare aufhellen, das Mädchen faßt kleine Strähnen zusammen, legt ein Blatt Alufolie darunter, bestreicht sie mit einem wasserstoffperoxidhaltigen grauen Brei und deckt sie mit Alufolie ab, mein Kopf sieht aus wie ein glänzendes Schindeldach, nach einigen Minuten nimmt sie die Folie ab, wäscht und trocknet mir die Haare. Ich gefalle mir mit den vielen gelben Strähnen im braunen Haar, erblondet, weicher, will ich denn eine Blondine sein, das Sonnenlicht verfing sich in Schwester Heidemaries seidigem hellblondem Haar, scheu schlug sie die kornblumenblauen Augen zu Oberarzt Jordan auf, der langsam die Operationsmaske abnahm und seinen Mund dem ihren zuneigte neues Kapitel. Wenn ich mein Aussehen ändere, fühle ich mich sofort anders, werden die blonden Strähnen an meinem Schicksal etwas ändern, dunkel und hell, Schatten und Licht, was weiß ich. Wird man mich dereinst als unkeusche Alte sehen, bin ich von allen guten Geistern verlassen, werde ich bei Kerzenlicht mit meinem Gemahl Artischockenböden verspeisen, habe ich die große Liebe längst überlebt wie kaum eine andere, gibt es sie. Das schaffst du doch nicht mehr, sagte Gottfried, was sonst aber soll die Welt erretten, diesen Stapelplatz zerbrochener Schädelskelette, ich möchte ja lieben, aber nicht umkommen dabei, du bist auf der Suche nach deinem Mörder, sagte der schöne Mann, der mir gegenübersaß. Es wird dich niemand umbringen, etwas ganz anderes wird man dir antun, etwas, das dir guttut, sagte der Freund lachend, der schöne Mann schickte mir per Eilboten am Morgen einen Brief, es läutete, wer kann das um diese Zeit sein, dachte ich angstvoll, man könnte ihn immerzu ansehen, seine Augen. Hinter ihnen liegt etwas, das Haar fällt ihm in die Stirn, du weißt sicher, daß du schön bist, sage ich viel zu vertraulich, hast du eine Ahnung, sagt er und sieht mich an, es ist etwas Zitterndes an ihm, etwas Bebendes. Das Fell eines Hundes, einer kleinen Katze zittert manchmal so, Gras zittert manchmal so, jemand, der Liebe sucht, zittert so, Andreas bebte so, als er mich nach Wochen wiedersah, so jemanden möchte man in die Arme nehmen. Aber das ist zu gefährlich, der schöne Mann ißt den Kuchen und redet viel und lacht, das Lachen ist aber nicht ganz echt, so manches andere auch nicht. Erst wenn man mit jemandem vögelt, weiß man etwas über ihn, wir standen in der Dunkelheit wie angenagelt nebeneinander, mit Pappbechern in der Hand, unter vielen Leuten, wir kommen aus demselben Land, wir wohnen im selben Haus. Wir sprechen dieselbe Sprache, sitzen wir im selben Boot, sind die Fragenden die Verrückten, so, jetzt gehe ich, sagte ich und machte auf dem Absatz kehrt, jetzt plötzlich, fragte er, ja, sagte ich und ging, er folgte mir ein kurzes Stück durch den Park. Ich kam mir lächerlich vor und bestieg mein Fahrrad, er ging in ein Haus, beim Wegfahren sah ich ihn durch ein Fenster mit jemandem reden, warum sehe ich während der letzten Zeit jede zufällige Begegnung als bedeutsam, die Zeit läuft auf Hochtouren. Liegt es daran, einmal habe ich viele aufgeweichte Konfetti in einer Pfütze gesehen, war schon damals der Karneval zu Ende, ich bin zu alt für Unverbindliches geworden. Und wie ist das mit Kindern, mögen Kinder Mütter mit Falten, einem Doppelkinn, Rheumatismus und grauen Haaren, ach, sie werden nicht gefragt, mich hat auch keiner gefragt, ich bin zurückgegangen, bin wieder das Kind meiner Eltern. Nichts hat sich geändert, ich erinnere mich, wie meine Eltern und Verwandten sich für ein Maskenfest ankleideten, jeder war maskiert, man gab mir zum Spaß etwas Alkoholisches zu trinken, ich war vier Jahre alt, plötzlich packte mich Angst, wo waren die, die mich sonst beschützten. Lauter Fratzen umringten mich und konnten sich vor Lachen nicht halten, ich will keine Angst haben, ich will leicht und fröhlich sein. Ich will mit einer Freundin reisen, in ein schönes Land, nach Peru, nach Madeira, nach Malta, irgendwohin, wo es große Blumen und sanfte Männer gibt und wo die Luft so warm ist wie mein Körper, ich möchte dort leicht sein wie auf dem Mond. Der Bruder und der Freund nahmen mich in die Mitte, wir liefen an, sie hoben mich auf, so konnte ich einen langen leichten Sprung machen, schwerelos, Mondmannhüpfen sagten wir dazu, der Bruder spaziert durch Basel, er hat beruflich hier zu tun. Er schaut sich die Barfüßerkirche an, die Zunfthäuser und Brunnen, vor fast zwei Jahren lag eine Giftwolke über Basel, mein Bruder betritt eine Parfümerie und läßt sich von einer Duftwolke umgeben, schließlich entscheidet er sich dafür, mir das Parfum Byzance zum Geburtstag zu schenken, in einer leuchtend blauen Schachtel. Auch die runde Flasche ist aus leuchtend blauem Glas, was sagen Sie zu diesem Duft, sagt die Verkäuferin und sprüht ihm ein wenig auf das Handgelenk, etwas ganz Exklusives, neu herausgekommen, der Bruder kauft das Parfum und geht damit in Basel herum, ich liebe dieses Parfum und möchte kein anderes mehr tragen. Mein Bruder der Chemiker, von der Intergas Chemie besitze ich seit kurzem einen Original TW 1000, einen Spray, gefüllt mit Ortho-Chlorbenzylidenmalonitril, zur Selbstverteidigung, die Duftwolke zum Anlocken des Männchens, die Giftwolke zu seiner Abschreckung. Duftdrüsen bei Tier und Mensch dienen unter anderem der Anziehung des Sexualpartners, aber auch der Abgrenzung des eigenen Reviers, wie soll ich weiter durchs Leben gehen, in einer Hand das Parfum, rätselhaft, farbig und verführerisch wie Byzanz, in der anderen den Original TW 1000, die Erfindung einer anderen Epoche, ein Symbol für die Aggression der Angst. Die Mutter und ich machen einen Spaziergang durch das Dorf, ich betupfe sie hinter den Ohrläppchen mit dem Parfum; als ich vor einigen Tagen in die nächstgelegene Stadt fuhr, sah ich im Zug ein Gesicht, das mich anlächelte, ein schönes Gesicht, graue Schläfen. Ich lächelte auch, beim Aussteigen wurde mir klar, daß wir vor mehr als zwanzig Jahren ineinander verliebt gewesen waren, seitdem hatte ich ihn nie mehr gesehen, ich blickte zurück, er stand am Fenster und lächelte noch immer. Es war schön, daß wir nichts zueinander gesagt hatten, diese frühen Lieben, bei denen kaum ein Kuß fällt, it's now or never, warf er in die Musicbox und sah mich an, weil er am nächsten Tag wegfahren mußte. Nichts geschah, ich war vierzehn, er war sechzehn, er hatte goldgelbe Augen, hätte ich doch mit ihm gevögelt; du mußt dir einen Mann suchen, der älter ist als du, sagte die Mutter, stell dir vor, wenn er sechzig ist, bist du fünfundvierzig, wie schön für dich. Da bleibt er dir treu; wir gingen über den glühend heißen Sandstrand, rauchst du, fragte er, nein, sagte ich, ich auch nicht, sagte er, die Sonne sinkt, die Mutter kommt vom See zurück. Das Rad steht auf dem Kies, ich gehe herum, die Tomaten hängen grün an den Sträuchern, ich reiße ein paar Pfefferminzblättchen ab und zerbeiße sie, ich gehe zwischen großen blaugrünen Kohlblättern hindurch, ich greife die runden blauen Kugeln der Schnittlauchblüten an, unter den Erdbeerblättern sind keine Erdbeeren mehr, ich gehe die Ribiselstauden entlang. Am Zaun blühen weiße und rosa Malven, sie welken schnell, der Vater ist auf dem Berg, er hat schöne neue Wanderschuhe an und einen roten Rucksack auf dem Rücken, die Hemdsärmel krempelt er auf, bevor er das Hemd anzieht, schon oft bin ich mit ihm gewandert und habe auf den See hinuntergeschaut. Geh nicht so unrhythmisch, sagt er, mach gleichmäßige Schritte, schau, ein Eichelhäher, er warnt die anderen Tiere, siehst du den Berg links neben dem Mittagskogel. Das ist der Türkenkopf, Vater Mutter Kind, das uralte Spiel, die Mutter hatte einen Traum, sie war in einer Nervenklinik, hatte ich sie eingeliefert, ich sagte zu ihr, sie dürfe kein Wort sagen und solle lieber schweigen, als als verrückt zu gelten. Man bespritzte sie von oben bis unten mit einer klebrigen Flüssigkeit, sie sagte nichts, dann lief sie durch die Anstalt, vorbei an verzerrten Gesichtern, und suchte mich, da sah sie mich mit einer Frau auf einem Bett ringend, vollgespritzt mit der klebrigen Masse. Ich kämpfte um mein Seelenheil, um meine Freiheit, wer war die andere Frau, es ist sehr heiß, ich sitze nicht mehr auf dem gestreiften Gartensessel, sondern liege im Nachthemd auf dem Bett. Die Hitze erinnert mich an Rom, durch das Fenster dringt laut die Stimme des Conferenciers des Zeltfestes, das in einiger Entfernung stattfindet, Blasmusik folgt, ein brauner Falter fliegt ins Zimmer, diese Tanzspiele, das Gehüpfe und Gejohle mit glasigen Augen, man mußte sich auffordern und ans schwitzende Herz drücken lassen, ich möchte mir selbst aussuchen, mit wem ich wie lange tanze und vögle. Ich muß mich erholen, vielleicht gefällt dir das nicht Gottfried, And if I can suffer more, And if I can suffer more, / I'll improve your life for sure, ich will dir nichts nachsagen, vielleicht willst du mein Bestes. Dann üb keine Macht aus, üb dich in Liebe, mein ganzes Leben hindurch zog ich einen Rattenschwanz von Leuten hinter mir her, die alle schrieen, sie wollten doch nur mein Bestes, ich habe euch satt, ich ziehe euch davon, ich lasse euch hinter mir, warum bin ich Teilnehmerin am Marathonlauf, Gottfried und der Bruder sind auch dabei. Die Ehefrauen stehen händeringend am Straßenrand und jammern, lauf nicht so schnell, du weißt doch, dein Herz, dein hoher Blutdruck, deine Hammerzehen, du verträgst doch keinen Zug, die Kinder stehen auch am Straßenrand und weinen, Papi, Papi, wo läufst du denn hin. Laß uns nicht allein, schließlich scheren sie aus und werfen sich ins Gras am Straßenrand, sofort sind sie von ihren Familien umringt, die ihnen heiße Würstel mit Senf und Kren, Krapfen und Apfelmus in den Mund stopfen, und wieder sind zwei Favoriten ausgefallen. Die Marathonläuferin beschleunigt das Tempo, sie ist braungebrannt und sehnig, sie läuft allein, die anderen sind weit zurückgefallen, sie hat den Kopfhörer auf und singt mit Joan Armatrading, This time I'm keeping track / There ain't no looking back, und damit läuft die einsame Langstreckenläuferin in die Sonne, irgendeinem Ziel zu, auch ein schöner Schluß, finden Sie nicht, keine Spur von Gottfried, vom Bruder. Aber es müßte doch eine Möglichkeit geben, sie zu integrieren, sie auf ein Podest zu stellen, ist nicht ratsam, sie verstauben leicht und müssen ständig abgestaubt werden. Man kann sie ins Album legen und pressen wie Wiesenblumen, manchmal nimmt man sie heraus, vorsichtig, sonst brechen sie, man kann sich ab und zu sehen, wie gehts den Kindern, der Frau, was macht die Arbeit. Ich gehe zum Homöopathen, der Homöopath schaut mich von oben bis unten genau an, waren Sie immer schon schmal und blaß, fragt er, was essen Sie gern, Nüsse und Pilze, sage ich, Brot, Kartoffeln. Was würden Sie jetzt am liebsten essen, etwas Süßes, Saures, Bitteres oder Scharfes, ich denke nach, etwas Saures vielleicht. Ich erzählte ihm von mir, Untergründiges ist im Spiel, Saturn, sagt er, Saturn, Gott des Landbaues, der Erdenschwere, der Zeit, gestürzt und vertrieben von seinem Sohn, dem glücklichen, mächtigen Jupiter, Sie brauchen Blei, sagt der Homöopath, Blei, das blau Glänzende, schwer Giftige. Es kommt unter anderem in Mexico und Peru vor, Blei mit dem niedrigen Schmelzpunkt, muß ich denn schneller schmelzen, leichter schmelzen, mit Angel goß ich Blei zu Silvester, seltsame Formen entstanden, eine Wiege, eine Hexe, ich werde Ihnen Bilsenkraut verschreiben, es ist stark bleihaltig. Das brauchen Sie dringend, was ist das, frage ich, ein giftiges Nachtschattengewächs, sagt er, es wächst auf Schutt, riecht unangenehm und hat gelbe Blüten mit violetten Adern, auf Schutt, denke ich. Neues entsteht auf den Trümmern, es ist zwar giftig, aber in kleinen Dosen heilkräftig, ich habe keine Angst vor

Giften, Bilsenkraut, Hyoscyamus, enthält die Gifte Hyoscyamin, Scopolamin, Atropin. Atropin, zur Ruhestellung des Auges, zur Krampflösung, die Pupillen weiten sich, auch beim Vögeln weiten sich die Pupillen, das Bilsenkraut ist zentral erregend, unter seiner Wirkung kommt es zu Raserei und Tobsucht. Brauchst du es auch Gottfried, in der Homöopathie wird Gleiches mit Gleichem bekämpft, in sehr starker Verdünnung wird einem das Gift verabreicht, das das Krankheitsbild hervorgerufen hat, wie werden wir gesund werden Gottfried, nimm die Familie in Tropfen. Fünf Tropfen täglich werden genügen, bei Bedarf dürfen es auch mehr sein, am Gift der Familie kannst du genesen, und der Bruder und ich, was wird uns heilen, das Gift der Herkunft, der Heimat. Winzige Dosen der Heimat werden mich kurieren, Bruder, gib acht, daß deine Dosis Heimat nicht zu hoch ausfällt, die schöne Flora der Heimat ist tödlich, Geißblatt, Aronstab, Fingerhut, Goldregen, Maiglöckchen, Liguster, Hahnenfuß, Herbstzeitlose, ein giftiger Jahresreigen, genest man an der Liebe durch die Liebe, durch eine neue Liebe, eine Liebe in kleinen Dosen. Die Liebe ist hochgiftig, die Tollkirschenliebe beschleunigt die Atmung, Schierlingsliebe verursacht Depressionen, Stechapfelliebe erregt, Schlafmohnliebe macht benommen, minimale Dosen einer bittersüßen Nachtschattenliebe, hat es das sein sollen. Soll es das sein, nur nicht zuviel, nur nicht zuviel, sonst droht Tod durch Atemlähmung, noch ein Schluß, ich liege auf der Gartenliege, neben mir das Fläschchen mit den Bilsenkrauttropfen. Ich schaue in den Himmel, bis ich nicht mehr weiß, daß es der Himmel ist, die Sonne steht hoch, the wind is making speeches, alle Blumen und Gräser zittern, im Kopfhörer singt Tom Waits, And it's time, time, time that you love, / And it's time, time, time.